저택의 비밀,
여기에 잠들다.

10인의 우울한 용의자

근사한 파티, 두 구의 시체

23시.

머릿속에서 빗소리가 점차 커져간다.

이 소리는 언제부터 시작된 것인가?

꽤 오랜 시간 잠들어 있었던 것만 같다.

목을 빠져나온 공기가 신음으로 바뀌어 곰팡이 냄새 가득한 칠흑 같은 방안에 낮게 깔린다.

퀴퀴한 카펫 털이 목덜미에 달라붙었다.

무거운 머리를 들어 올리자 천둥소리와 함께 섬광이 방안을 비추었다.

눈앞에 놓인 흔들의자에는 누군가가 앉아 있다.

천둥소리는 바닥에 깔리듯 묵직한 소리를 남기고 방은 또다시 어둠에 휩싸였다.

어떤 이의 희미한 실루엣만이 억수 같이 퍼붓는 창밖을 배경으로 미동도 없이 가만히 당신을 응시하고 있다.

"…누구?"

당신은 무릎을 세워 일어서려고 했다.

그때, 세상의 모든 소리가 사라진 듯한 감각 끝에 또 한 번 천둥이 내리꽂혔다.

이번 섬광은 흔들의자를 확실히 비췄다.

그곳에 앉아 있는 사람은 필립이었다. 당신 할아버지의 조수로 일하던 의사.

그의 눈동자는 당신과 그의 사이를 가로지르는 어둠 속을 향해 있다.

입술은 마치 립스틱을 바른 것처럼 빨갛고 볼은 경직되어 웃고 있는 듯이 보였다.

셔츠는 선혈로 인해 붉게 물들어 있었다.

그리고 당신의 손도 그의 피로 붉게 젖어 있다.

옷에는 튀어 오른 피를 뒤집어쓴 듯 선명한 핏자국이 남아있다.

뇌혈관이 팽창하고 귓속에서 심장 박동이 울려 퍼진다.

피부에는 소름이 돋고 호흡이 가슴을 옥죄듯 가빠진다.

필립이 죽어 있다.

문으로 달아나 떨리는 손으로 손잡이를 돌렸다.

하지만 문이 열리지 않는다. 문을 향해 거듭 몸을 내던지며 사람을 불렀다.

그러다 문득 어떤 생각이 머리를 스치자 당신은 그 자리에 주저앉을 듯이 몸에 힘이 빠졌다.

'나는 언제부터 이 방에 있었던 거지?'

할아버지의 초대장을 받고 이 저택을 찾아왔다.

그다음에는…? 아무런 생각이 나지 않는다!

필립은 여전히 어둠 속을 바라보고 있다.

멀리서 비구름이 번쩍이고 귓가에 맴도는 건 그저 빗소리뿐.

일단 이곳을 빠져나가야 한다….

	이름	성별	직업	범인 조건 1
	장	남	청년 (주인공)	
	카일	남	탐정	
	데이비드	남	인류학자	
	이자벨	여	향토사학자	
	클로드	남	고미술상	
	미레유	여	기자	
	제레미	남	셰프	
	로넷	여	가정부	
	크리스핀	남	신부	
	폴라	여	수녀	

범인 조건 2	범인 조건 3

MAP 1F

연구자료실

조르주의 방

대장간

정원

장의 방

열리지 않는 방

별관 복도

남쪽 계단

미술품 보관창고

괘종시계의 방

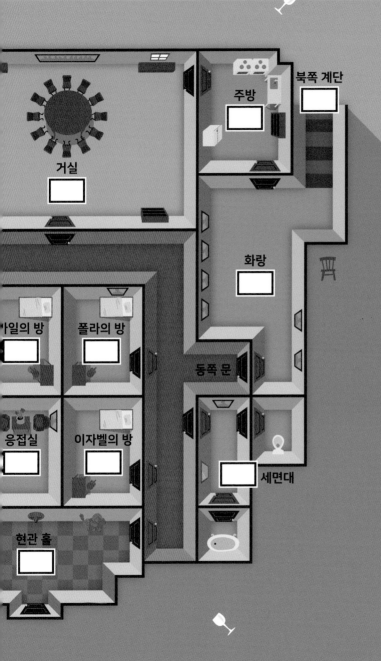

거실

주방

북쪽 계단

화랑

일의 방

폴라의 방

동쪽 문

응접실

이자벨의 방

세면대

현관 홀

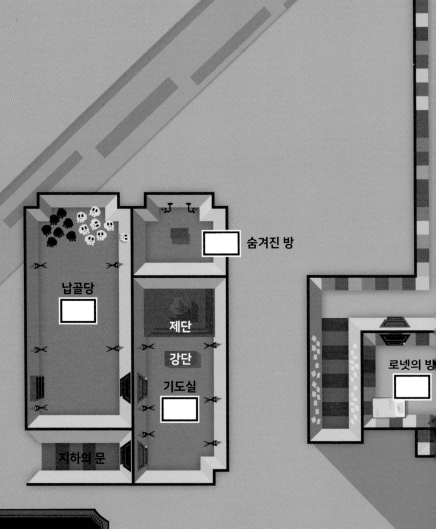

숨겨진 방

납골당

제단

강단

기도실

지하의 문

로넷의 방

MAP 지하

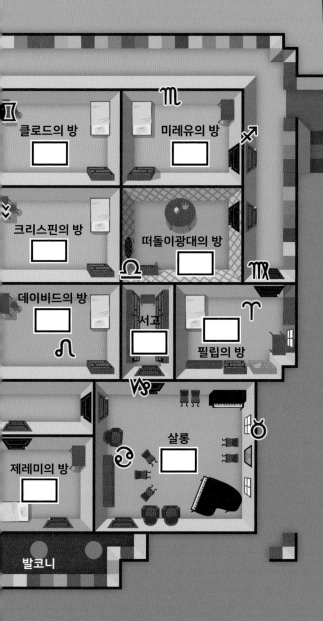

MAP 2F

클로드의 방

미레유의 방

크리스핀의 방

떠돌이광대의 방

데이비드의 방

서고

필립의 방

제레미의 방

살롱

발코니

목차 Contents

게임북에 대해서 About

당신은 청년 장.

할아버지 조르주에게서 파티 초대장을 받고 이 저택에 왔습니다.

그러나, 당신은 지금 필립의 시체와 함께 방 안에 갇혀 있는 상태입니다.

게다가 이 저택에 도착한 이후의 기억이 전혀 남아 있지 않습니다.

눈앞에 있는 인물을 죽인 사람은 누구인가?

나는 왜 이 방에 갇혀 있는가?

다른 파티 참가자는 무엇을 하고 있는가?

이 궁금증을 해결하기 위해서는 잃어버린 기억을 되찾는 것이 중요합니다.

또한, 저택 곳곳에서 볼 수 있는 다양한 퍼즐과 암호를 풀어야 하겠지요.

무엇보다 당신이 가장 먼저 해야 할 일은 이 방에서 탈출하는 것입니다.

앞으로 예기치 못한 고난이 당신을 가로막을지도 모릅니다.

모든 장소를 탐색하여 모든 정보를 음미하며 주의 깊게 이 사건을 해결해 주십시오.

건투를 빕니다!

게임에 필요한 것 Preparation

본 게임북을 진행하려면 다음 물건이 필요합니다. 우선 게임을 시작하기 전에 본 게임 북의 구성품을 확인하세요. 하나라도 빠진 것이 있다면 게임을 진행할 수 없으니, 잃어 버리지 않도록 주의하세요.

필기도구
기입란에 내용을 적기 위한 도구. 연필처럼 지울 수 있는 필기도구가 있으면 더욱 좋습니다.

계산기
간단한 숫자 계산을 해야 합니다. 미리 준비해두면 편리합니다.

메모지
퍼즐을 풀거나 정보를 정리하기 위해서 지도 및 수사 시트와 별도로 메모지를 준비하면 좋습니다.

가위 및 커터칼
책 뒤편에 삽입된 아이템을 깔끔하게 잘라내기 위해 준비하면 좋습니다.

본 게임북의 구성품

게임북
이 책입니다.

잘라 쓰는 아이템(3종)
이 책 뒤에 삽입되어 있습니다.
지시가 있을 때까지 잘라내지 마십시오.

해답 시트 1~5
이 책 앞에 들어 있습니다.
지시가 있을 때까지
작성하지 마십시오.

수사 시트
(뒷면은 기억 시트&용의자 리스트)
이 책 앞에 들어 있습니다.

저택 Map(양면)
이 책 앞에 들어 있습니다.

규칙 설명 Rules

『10인의 우울한 용의자』의 의문을 모두 풀기 위해서는 몇 가지 규칙이 있습니다.
게임을 시작하기 전에 꼼꼼히 읽어보기 바랍니다.

단락 진행법

이 책 앞부분의 "프롤로그"를 읽었다면 우선 단락 1로 이동하세요.

게임북이란 본문에 있는 선택지를 골라가면서 이야기를 읽고 게임을 즐기는 책을 말합니다. 번호가 매겨진 "단락"의 문장을 읽은 후에 선택지를 고르고 지정된 번호의 단락으로 이동합니다. 이런 방법을 반복하면서 이야기를 진행해 주세요.

본 게임북은 441개의 단락으로 구성되어 있습니다. 단락을 찾을 때는 오른쪽 페이지의 바깥쪽에 표시된 탭을 참고하면 편리합니다.

> **예**   오른쪽으로 간다 → 50으로 … 50번 단락으로 이동한다.

또한, 각 단락에 적혀 있는 ↩ 마크 뒤의 숫자는 직전에 읽은 단락의 번호입니다. 이전 단락으로 돌아가고 싶을 때 참고해 주세요.

> **예**   **30** ↩ 120 … 30번 단락의 직전 단락은 120번

연출을 위해 일부 단락에는 직전 단락 번호가 적혀 있지 않습니다. 주의해 주세요.

지도 사용법

지도에 적은 숫자와 단락 번호는 서로 같습니다.

지도 위의 각 장소에는 빈칸이 있습니다. 게임을 진행하다 보면 빈칸에 숫자를 적으라는 지시가 있으니 그때의 지시에 따라 주세요.

원하는 장소에 가고 싶을 때는 빈칸에 적은 숫자에 해당하는 단락으로 이동하면 됩니다.

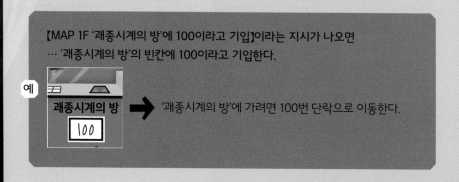

【MAP 1F '괘종시계의 방'에 100이라고 기입】이라는 지시가 나오면
··· '괘종시계의 방'의 빈칸에 100이라고 기입한다.

예

괘종시계의 방
100

➡ '괘종시계의 방'에 가려면 100번 단락으로 이동한다.

수사 시트 사용법

단락에 수사 시트에 기입하라는 지시가 있으면 정확하게 적어 주세요.

이야기를 진행하는 사이에 "단서"와 "지시 번호"를 기입하라는 지시가 나타납니다. 또한 게임의 각 스테이지를 클리어할 때마다 "시간 경과"란에 기입하라는 지시도 있습니다. 이 내용은 구성품으로 제공된 수사 시트에 기입해 주세요.

단서 및 시간 경과 사용법

단서 및 시간 경과를 손에 넣으면 진행할 수 있는 단락이 늘어납니다.

수사 시트에 단서가 적혀 있는 상태가 "단서가 있는" 상태입니다. 단락 끝의 선택지에 '단서
●가 있는 경우'라고 적혀 있으면 그에 해당하는 지시 번호를 그 단락 번호와 더한 숫자에
해당하는 단락으로 이동할 수 있습니다.

단서 **아** 가 있는 경우 → 50+지시 번호 **아**
··· 지시 번호 **아**=20이라고 가정하면, 50+20=70번 단락으로 이동한다.

단서가 없어서 다음으로 진행할 수 없을 때는 그 단락의 번호를 메모해 두고 다른 장소를 탐색하여 단서를 찾은 뒤에 해당 단락으로 돌아오면 편리합니다.

또한, "시간 경과"도 "단서"와 마찬가지로 사용합니다.

시간 경과 **1** 이 있는 경우 → 120+지시 번호 **1**
··· 지시 번호 **1**=30이라고 가정하면, 120+30=150번 단락으로 이동한다.

수사 시트

단서

본문의 지시에 따라 탐색에 필요한 정보와 아이템을 적는다.

시간 경과

스테이지를 클리어할 때마다 지시된 시간을 적는다.

지시 번호

단서를 사용해서 이야기를 풀어나갈 때 사용하는 숫자를 적는다.

지시 번호

시간 경과를 사용해서 이야기를 풀어나갈 때 사용하는 숫자를 적는다.

기억 시트 사용법

기억이 떠오른 시간별로 단락 번호와 메모를 기입해 주세요.

당신은 이야기를 진행하는 사이에 다양한 기억을 떠올립니다. 시간별로 단락 번호와 메모를 적으라는 지시가 있으니 수사 시트 뒷면의 "기억 시트"에 기입해 주세요. 기입한 단락을 읽으면 그 시간의 기억을 읽을 수 있습니다.

용의자 리스트 사용법

범인 조건을 기입하여 용의자 가운데서 범인을 색출합니다.

기억 시트 오른쪽에는 "용의자 리스트"가 있습니다. 지시가 나타나면 범인 조건란에 내용을 적고 조건에 해당하는 인물에 O를 기입해 주세요.

기억 시트

단락

기억이 떠오른 단락 번호를 적는다.

시간	단락	메모
12:00		
12:30		
13:00		
13:30		
14:00		
14:30		

메모

기억해두고 싶은 정보 등을 적는다.

용의자 리스트

범인 조건

게임 진행중 밝혀진 범인 조건을 적는다.

이름	성별	직업	범인 조건 1	범인 조건 1
장	남	청년 (주인공)		
카일	남	탐정		

체크

각 조건에 해당하는 인물에 O를 기입한다.

해답 시트 사용법

이야기를 진행하는 사이에 지시가 나타나면 1장씩 꺼내 주세요.

트레이싱지로 만들어진 5장의 해답 시트는 탐색 결과를 적는 해답 용지입니다. 지시가 나타나면 그에 해당하는 시트를 꺼내 내용을 기입해 주세요.

또한, 문제가 적혀 있는 "양피지"를 발견할 때마다 각 시트의 양피지란에 단락 번호를 기입합니다.

잘라 쓰는 아이템 사용법

이야기를 진행하는 사이에 지시가 나타나면 한 아이템씩 잘라 주세요.

책 뒤쪽에는 퍼즐을 풀 때 필요한 3종의 아이템이 삽입되어 있습니다. 지시가 나타나면 순서대로 잘라 주세요. 찢어지지 않도록 가위나 커터칼을 사용하여 깔끔하게 잘라낼 것을 추천합니다.

퍼즐·수수께끼에 대해서

해답은 이 책에 수록되어 있지 않습니다.

본 게임북에서는 퍼즐이나 수수께끼를 풀지 못하면 다음으로 지나갈 수 없는 곳이 있습니다. 난이도가 높은 수수께끼도 있으므로, 구석구석 탐색하여 두뇌를 최대한 사용해야 합니다. 퍼즐이나 수수께끼의 해답은 이 책에 수록되어 있지 않습니다. 이 점에 유의해 주세요.

게임을 클리어하는 방법

모든 내용을 읽었다면 특설 Website에 접속!

이 책 어디에도 이야기의 엔딩이 기록되어 있지 않습니다. 모든 수사가 종료되고 범인을 찾았다면 특설 Website에 접속해 주세요(32 페이지 참조). 당신의 추리가 맞았다면 엔딩 스토리를 읽을 수 있습니다.

FAQ 자주하는 질문

Q. 퍼즐을 풀 수가 없어요. 해답은 어디에 있나요?

퍼즐이나 수수께끼의 해답이나 힌트는 책과 웹사이트에는 수록되어 있지 않습니다. 풀릴 때까지 두뇌를 최대한 사용해야 합니다.

Q. 게임 진행법을 모르겠어요.

우선 이 책의 13페이지부터 적혀 있는 규칙 설명을 읽어 주세요.

귀찮다고 생각된다면 우선 1번 단락부터 진행해 주세요. 스토리의 첫 부분에는 단락 진행법과 지도 및 각 시트 기입법이 적혀 있으니 어느 정도는 규칙을 익히며 진행할 수 있습니다. 그래도 알 수 없는 부분이 있다면 규칙 설명을 참고해 주십시오.

Q. 단서와 지시 번호를 알고 있는데도 올바른 단락으로 이동할 수 없어요.

수사 시트에 지시 번호를 제대로 기입했다면 게임 진행이 막히거나 잘못된 곳으로 이동하지 않습니다. 수수께끼를 제대로 풀었는지, 숫자를 잘못 기재한 부분은 없는지, 계산에 실수가 없었는지 다시 한 번 확인해 보세요.

Q. 클리어하기까지 시간은 얼마나 걸리나요?

당신의 수수께끼 해결 능력에 따라 다릅니다. 수수께끼마다 아이디어가 번뜩인다면 하루만에 끝낼 수도 있습니다. 그러나 이곳저곳에서 정체된다면 1년이 지나도 클리어하지 못할 수도 있습니다. 끝까지 포기하지 않는 것이 중요합니다.

Q. 마지막 이야기까지 모두 읽으면 어떻게 하나요?

책을 모두 읽고 시트 기입도 끝났다면 특설 웹사이트에 접속해 주세요. 그곳에서 범인과 당신의 추리를 기입하면 엔딩 스토리를 읽을 수 있습니다.

10인의 우울한 용의자 특설 웹사이트 :

`http://www.icoxpublish.com/dgamebook/03/`

Q. 구성품을 잃어버렸어요.

죄송합니다. 잃어버린 구성품을 다시 보내드리거나, 구성품만을 별도로 판매하지는 않습니다. 만약, 구매 당시에 구성품이 없거나 불량이 발견되었다면 출판사로 연락 주시기 바랍니다.

Q. 스포일러를 공개해도 되나요?

스포일러는 타인의 즐거움을 빼앗기 때문에 절대로 해서는 안 되는 행위입니다. 스포일러 및 공략법에 대해서 인터넷 상에 올리지 말아 주세요.

등장인물 프로필

장
Jean

성별 남자　**연령** 22　**직업** 청년

주인공. 초등학교 시절에는 마을에 살았지만 졸업하면서 이사하여 지금은 멀리 떨어진 도시에서 살고 있다. 할아버지 조르주가 유물을 발견한 것을 축하하기 위해 마을을 찾아왔다.

조르주

Georges

성별 남자 연령 68 직업 고고학자

마을의 외딴 저택에 살고 있으며 감춰진 유물을 찾아 헤매던 고고학자.
엄격하고 무뚝뚝한 성격. '유물 발견' 발표를 취소한 직후에 사망하고 만다.

필립
Philippe

| 성별 | 남자 | 연령 | 29 | 직업 | 조수 의사 |

마을의 외딴 저택에 세 들어 사는 젊은 의사. 친절한 진찰로 인해 마을 사람들에게 신뢰받고 있다. 조르주가 조사를 할 때엔 조수를 맡고 있으며 밝고 믿음직하여 장에게 형과 같은 존재였으나 누군가에게 살해되고 만다.

카일

Kyle

성별 남자 　연령 34 　직업 탐정

어딘가 모르게 어설픈 마을의 사설탐정. 장(주인공)과 함께 사건을 해결하기 위해
수사를 시작하지만, 사실 살인사건을 마주한 건 이번이 처음이다.

데이비드
David

성별 남자 연령 68 직업 인류학자

조르주의 오랜 친구이자 인류학자. 평소에는 상냥하고 정이 많지만, 화가 치밀어 오르면 손을 쓸 수 없는 지경에 이른다. 조르주의 유물 발견을 믿고 그의 명예를 되찾기 위해 분투한다.

이자벨
Isabelle

성별 여자 **연령** 30 **직업** 향토사학자

마을의 역사와 고전을 잘 알고 있는 향토사학자로 조르주와 필립의 유물 조사에 도 협조했다. 장의 초등학교 선생님이기도 하다.

클로드
Claude

성별 남자　연령 52　직업 고미술상

고미술상. 조르주의 주문에 따라 저택에 장식할 그림과 조각 등을 조달하고 있었
다. 감정사로서도 일류의 안목을 지니고 있으나, 미술을 이해하지 못하는 사람을
하찮게 여긴다.

미레유
Mireille

성별 여자 연령 32 직업 기자

프리랜서 기자. 유물에 관해 독자적으로 취재하기 위해 이 마을에 장기 체류하고 있다. 매사에 귀찮아하고 자기 스타일대로 행동하는 성격이지만 신기하게도 조르주와 마음이 잘 맞았다.

제레미

Jeremy

성별 남자 연령 37 직업 셰프

조르주가 고용한 셰프. 저택에 함께 살며 일하고 있다. 입버릇이 경박하고 쉽게 빈 정대지만, 요리 실력 하나만큼은 확실하며 연구에 열중하는 일면도 지니고 있다.

로넷
Ronet

성별 여자 　 연령 19 　 직업 가정부

저택에서 함께 살며 일하는 젊은 가정부. 다소 멍하고 덜렁대는 성격이지만 솔직
하고 성실하다.

크리스핀
Crispin

성별 남자　연령 49　직업 신부

마을 예배당의 신부. 신부답지 않은 기묘한 행동으로 마을 사람들은 그를 별난 사람으로 취급하지만, 일부 마을 사람과 어린이에게는 열광적인 지지를 얻고 있다.

폴라
Pola

성별 여자 연령 26 직업 수녀

예배당의 수녀. 차분한 성격에 누구에게나 다정하여 마을 사람들이 믿고 따른다.
크리스핀 신부를 아버지처럼 존경한다.

특설 10인의 우울한 용의자
Website 접속 방법

모든 수사가 종료되고 10인의 용의자 가운데 범인을 찾았다면
특설 Website에 접속해 주세요.

www.icoxpublish.com/dgamebook/03/

1  www.icoxpublish.com/dgamebook/03/에 접속합니다
(PC, 스마트폰).

2  "범인을 찾았다면 여기를 클릭!"을 클릭합니다.

3 내용을 모두 읽은 분만 알 수 있는 질문에 답변을 입력합니다.

4 답변이 맞으면 화면에 나오는 지시에 따라 범인과 당신의 추리를 입력합니다.

5 정답인 경우 게임 클리어!! 엔딩 스토리를 읽을 수 있습니다.

주의
- 스포일러는 타인의 즐거움을 빼앗기 때문에 절대로 해서는 안 되는 행위입니다. 스포일러 및 공략법에 대해서 블로그 및 Twitter, Facebook 등 인터넷 상에 올리지 말아 주세요.
- 출판사에서는 수수께끼의 해답과 공략법에 대한 질문에는 답변하지 않습니다.

10인의 우울한 용의자

아무리 애를 써도 문은 열리지 않는다. 당신은 벽에 있는 스위치를 눌러 등을 밝혔다. 필립의 시체가 분명히 드러나자 저도 모르게 눈을 돌리고 말았다. 문 바로 왼쪽에는 낡은 괘종시계가 있다.

"여기는… 괘종시계의 방이야."

당신은 할아버지의 저택을 여러 차례 방문한 적이 있기 때문에 이 방을 알고 있었다. 어쩌면 자신이 열쇠를 갖고 있을지도 모른다는 생각이 떠올라 주머니를 뒤졌다. 하지만 주머니에는 펜넌트와 반투명하게 비쳐 보이는 신기한 종이가 들어 있을 뿐이다.

펜던트는 은색으로 네 잎 클로버를 입에 문 작은 새가 새겨져 있으며 체인은 곧 끊어질 것처럼 망가져 있다. 비치는 종이에는 어딘가 이상한 동그라미와 몇 개의 사각 칸이 그려져 있다.

"이 종이는 대체 뭘까? 그리고 이 펜던트는 내 것이 아니야…."

당신은 생각나지 않는 기억을 억지로 쥐어짰다.

"난 조르주 할아버지에게 초대장을 받고 이 저택에 왔어. 저택에 도착한 시간이… 12시야! 맞아, 생각났어."

하지만 그 이후의 일은 아무리 머리를 굴려도 기억나지 않는다.

어쨌든 이 방을 벗어나야만 한다. 당신은 방을 탈출하기 위한 단서를 찾기로 했다.

【기억 시트 12:00의 단락 칸에 325라고 기입】
☞ 이런 지시가 있으면 기억 시트 내 각 시간의 단락 칸에 숫자를 기입해 주세요.

【구성품 '해답 시트 1'을 꺼낸다】
☞ 트레이싱지 카드 '해답 시트(Answer Sheet) 1'을 준비해 주세요.

【지도를 펼쳐 MAP 1F '괘종시계의 방'에 90, '미술품 보관 창고'에 200이라고 기입】
☞ 이런 지시가 있으면 지도 위 각 장소의 빈칸에 숫자를 기입해 주세요.
☞ 지금부터는 자유롭게 이동해도 좋습니다. 기억을 읽고 싶으면 기억 시트에 기입한 숫자의 단락으로, 각 장소에 가고 싶으면 지도에 기입한 숫자의 단락으로 이동합니다.

2 ↪ 30

폴라의 방 북쪽 벽에는 어두운 묘지에서 관을 옮기고 있는 네 남자의 그림이 걸려 있다. 그림 속 밤하늘에는 남쪽의 남십자자리 별이 빛난다.

3 ↪ 326

누군가 당신의 손에서 사진을 빼앗아 엉망으로 구긴 후 쓰레기통에 처박았다. 그곳은 조르주의 방이었다.

【단서 **조**에 '쓰레기통', 지시 번호 **조**에 38이라고 기입】

4 ↪ 277

당신은 떨리는 손을 석상에 뻗었다. 단단하고 차가운 감촉이 손끝에 닿았다. 석상을 붙잡아 있는 힘껏 들어 올렸다.

아무런 일도 일어나지 않는다. 당신은 무심코 긴 한숨을 내쉬었다. 석상을 뒤집어 보자 어떤 문자가 새겨져 있다.

> 나를 목표 지점까지 옮겨라.
> 나는 돌이나 벽에 맞닥뜨릴 때까지 멈추지 않고 직진한다.
> 맞닥뜨리면 왼쪽이나 오른쪽으로 꺾는다. 도중에 꺾을 수는 없다.
> 나는 8번만 꺾을 수 있다.
> 같은 칸을 몇 번씩 지나가도 상관없다.
> 꺾은 칸의 숫자를 전부 더하라.

"이게… 뭘까요?"

"음…? 뭔지 몰라도, 일단 기억해 두는 게 좋겠군."

"무겁지도 않으니 석상을 가져갈까요?"

"장, 그런 걸 가져가도 괜찮을까? 저주를 받는 건 아니겠지?"

"괜찮을 거예요."

5 ↪ 396

당신은 필사적으로 북쪽 계단을 뛰어올랐다.

➡ **떠돌이 광대의 방에 숨는다. → 307로**

➡ **살롱까지 전력을 다해 뛴다. → 97로**

6 ↪ 102

"혹시 이 문장에 유물과 관련된 비밀이 숨겨져 있는 것은 아닐까요?"

"오! 장, 대단한 생각을 했군. 하지만 어떤 비밀일까?"

"그게, 앞글자만 따서 읽는다거나 반대로 읽는다거나….."

"오! 그렇다면… 이건! 장!"

"네!"

"미안하지만 네 짐작이 틀린 것 같군."

7 ↪ 380

산처럼 쌓인 해골을 자세히 살펴보니 검게 칠해진 것이 섞여 있다. 당신은 벽에 적힌 문자를 읽었다.

> 검은 해골이 잠든 '유물'을 깨울 피리를 부른다.

【수수께끼를 풀어서 나타나는 숫자에 해당하는 단락으로】(다음 페이지 참고)

해골을 올바르게 분리하라.

· 바둑판을 사각형(정사각형 또는 직사각형)으로 나눈다.

· 숫자는 1칸의 면적을 1로 환산했을 때 사각형의 면적.

· 나눌 때는 점선 위를 나누며 모든 사각형에는 반드시 숫자가 하나씩 들어간다.

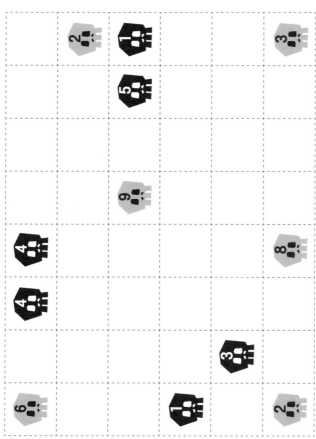

8 ↪ 260

'**이** 가면을 천칭에 올리라는 건가…?'

➡ **왼쪽 가면을 천칭에 올린다.**

→ 20으로

➡ **오른쪽 가면을 천칭에 올린다.**

→ 169로

➡ **양쪽을 동시에 천칭에 올린다.**

→ 218로

9 ↪ 90

남쪽 벽에는 단 한 장의 그림이 걸려 있다. 몇몇 남자가 한데 모여 어수선한 가운데 화면 중앙에서는 남자끼리 입맞춤을 하고 있다. 하지만 그 장면에서 어디 하나 관능적인 느낌은 들지 않았다.

➡ **단서 가가 있는 경우**

→ 9 + 지시 번호 가

➡ **시간 경과 1이 있는 경우**

→ 9 + 지시 번호 1

10

문을 열자 그와 동시에 벽에 걸린 화톳불이 타오르기 시작했다.

흔들리는 불꽃이 늘어선 돌벽돌 기둥을 비추며 스산한 그림자를 자아낸다. 묵은 기름이 눌어붙은 듯한 냄새와 곰팡이인지 흙인지 모를 냄새가 뒤섞여 당신의 코를 찔렀다.

. 서쪽 벽에 나무로 만들어진 문이 보인다. 실내는 생각보다 넓어서 안쪽은 어슴푸레하게 보일 뿐이다. 강단과 제단이 있는 것 같지만 교회의 맑은 분위기와는 이질적인 공기가 흐른다.

11 ➦ 278

"역시! 조르주 할아버지는 살해당한 거였어!"

조르주의 오른쪽 옆구리에도 필립처럼 칼로 문자가 새겨져 있었다.

"E…l…i, E…l…i. 엘리 엘리…?"

"필립의 몸에는 '레마'라고 적혀 있었지. 무슨 의미라도 있는 걸까?"

필립의 몸에 새겨져 있던 문자에 비해 상처는 얕다. 피도 닦은 것 같았다. 자세히 살펴보면 셔츠에는 피가 희미하게 스며들어 있지만, 오른쪽 옆구리는 조끼에 가려져 단추를 풀지 않으면 보이지 않는다.

카일은 문자의 의미를 생각하고 있는 듯했지만, 당신은 다른 부분에 위화감을 느꼈다.

"카일 씨, 조금 이상해요. 범인은 일부로 시를 유서처럼 속여서 자살로 위장했으면서 왜 몸에 이런 문자를 새긴 걸까요? 이 문자가 발견되면 타살이라는 사실이 드러날 텐데요. 그러면서도 자살로 위장을 하다니…."

"음…, 자살로 위장해서 우리를 방심하게 하려는 생각이었을지도 모르지. 실제로도 필립이 살해당할 때까지 누구도 조르주 씨의 자살을 의심하지 않았고 나도 수사하지 않지 않은가. 처음부터 두 사람을 죽일 계획이었고 첫 번째 사람을 자살로 위장하면 두 번째 사람을 죽이기 쉬우리라 생각했을 수도 있네. 이 문자를 적은 이유는 자기 과시욕이 강한 사람이거나 그게 아니라면 무언가 의도적인 의미가 담겨 있거나…."

"그렇군요…."

"장, 이 문자를 보면 생각나는 것이 없을까?"

"레마, 엘리 엘리…. 아니지 살해당한 순서대로라면 엘리 엘리, 레마가 되겠군."

당신 머릿속에 책을 읽는 모습이 떠올랐다.

"저는 이 문자를 책에서 본 것 같아요! 저녁 무렵 서고에서 읽은 책에 이 단어가 적혀 있었어요. 어딘가 신기한 무늬도 그려져 있었는데…."

"서고는 2층이라 갈 수 없는데 책 내용을 떠올릴 수 있을까?"

"네. 그 책은 이전에 필립이 유물에 관련된 단서가 적혀 있다고 알려준 책이었어요. 제가 서고로 갔을 때 그 이야기가 떠올라서 읽어 봤어요. 그때는 무슨 의미인지 몰랐지만요….”

“유물이라…, 유물을 찾던 두 사람이 살해당했어. 대체 유물이란 게 뭐지? 그것이 이 사건의 진상과 연관되어 있다는 사실은 틀림이 없는 것 같은데.”

【기억 시트 18:00의 단락 칸에 235라고 기입】

12 ➡ 259

“**이** 책은?”

“요리에 관한 책이 아니면 읽지 않는 주의인데 말이야. 기분이 조금 나아질까 해서 조금 전에 서고에서 빌려왔어. 이건 필립 씨가 자주 읽던 책이야. 하권은 못 봤지만….”

책 뒤표지에는 《아로마 오일 상권》이라고 적혀 있다.

마지막 페이지는 백지이다.

➡ 단서 **보**가 있는 경우 → 12 + 지시 번호 **보**

13 ➡ 225

“**조**르주! 듣고 있는 건가!”

데이비드의 고함이 울려 퍼졌다. 당신은 어찌할 바 모른 채 조르주의 방 남쪽 창가에 걸려 있는 그림을 그저 바라보고 있을 뿐이었다.

남프랑스의 시골 풍경을 그린 평화로운 풍경화로, 아무도 없는 황금색 초원 위로 바람이 스쳐 지나고 멀리서 덩그러니 서 있는 물레방앗간 근처에서는 몇 마리의 양이 풀을 뜯고 있다.

【기억 시트 20:00의 메모 칸에 '조르주의 방에 걸린 그림'이라고 기입】

14

"아직, 한 가지 말씀드리지 않은 게 있어요…."

"그게 뭔가?"

"필립을 찌른 게 생각났어요."

"…그랬군. 믿었었는데 안타깝구나, 장."

당신은 체포되어 수브니르의 파수꾼으로 구속되었다. 갇혀있는 방 안에서 당신은 잃어버린 기억을 되찾기를 포기하고 어느덧 자신이 범인이라고 생각하게 되었다.

GAME OVER

15 ⤴ 230

피아노는 방 북쪽과 남쪽에 서로 떨어진 위치에 놓여 있다. 당신이 저택을 찾아온 날 저녁 무렵에는 조르주와 필립 중 누가 먼저랄 것도 없이 피아노 연주를 시작하는 일이 잦았다.

➡ 단서 **퍼**가 있는 경우 → 15 + 지시 번호 **퍼**

16 ⤴ 398

장식품을 뒤집어 뒷면을 살펴봤지만, 아무것도 발견할 수 없었다.

➡ 단서 **모**가 있는 경우 → 16 + 지시 번호 **모**

17 ⤴ 90

괘종시계는 꽤 오래된 골동품으로 조르주가 이 저택에 살기 시작했을 무렵에는 이미 고장 나서 움직이지 않았다. 시곗바늘도 줄곧 멈춰있다.

예전부터 이 저택에 있던 것은 어떤 것이 유물을 발견하는데 단서가 될지 모르기에 조르주는 이 시계도 버리지 않고 간직했다. 하지만 무엇보다 그는 이 연녹색 괘종시계를 썩 마음에 들어 했다. (다음 페이지 참고)

'해답 시트와 시계가 정확히 들어맞는다. 짧은 바늘과 긴 바늘을 옮겨 그릴 것.'

➡ 시계추가 있는 공간을 열어본다. → 328로

➡ 단서 **다**가 있는 경우 → 17 + 지시 번호 **다**

18 ↱ 352

"**유**물 조사에 얽힌 마을의 전설을 알려 주세요."

"유물에 대한 이야기는 14세기까지 거슬러 올라. 1313년, 의문의 남자가 이 마을의 변두리에 쓰러져 있었어. 남자는 마을 사람들에게 구조되어서 이 저택에서 살게 되었지. 그 남자가 기욤 베리파스토라는 인물이야.

그 후로 8년이 지난 1321년, 이 작은 마을은 갑자기 프랑스 군대에 의해서 멸망되고 말았는데…, 그 이유는 지금도 알려지지 않았어. 풍문에 따르면 기욤이 갖고 있던 '그리스도의 비밀을 둘러싼 무언가'를 회수하기 위해서였다고도 하는데, 결국 그 존재는 발견되지 않았어. 기욤은 붙잡혀서 고문을 당했는데 죽을 때까지도 입을 열지 않았다고 해.

그 무언가가 바로 유물이야. 조르주와 필립은 그것을 찾고 있었어."

"그리스도의 비밀을 둘러싼 무언가…, 말인가요?"

19 ↱ 419

제레미의 방에서 복도로 빠져나온다. 그러나, 살롱으로 들어간 제레미는 아무도 없는 것을 확인한 후, 곧장 복도로 돌아 나왔다.

"여기 있다!"

당신은 저항할 틈도 없이 체포되어 수브니르의 파수꾼으로 구속되었다. 갇혀 있는 방 안에서 당신은 잃어버린 기억을 되찾기를 포기하고 어느덧 자신이 범인이라고 생각하게 되었다.

GAME OVER

20

왼쪽 가면이 천칭 위에 올려져 있다.

➡ 왼쪽 가면을 천칭에서 내린다. → 403으로
➡ 오른쪽 가면을 천칭에 올린다. → 86으로
➡ 처음부터 다시 한다. → 8로

21 ⤴ 9

"**장**, 필립 입술이 피로 물들어 있는데…, 혹시 피를 토한 걸까?"

"만약 피를 토한 거라면 턱이나 목으로 흘러내렸을 텐데요."

"그렇지…. 이건 손끝으로 피를 바른 것 같은 느낌이야. 마치 립스틱을 바른 것 같군."

카일은 시체 옆에 걸려 있는 그림을 올려보며 중얼거렸다.

"《유다의 입맞춤》이라…."

22 ⤴ 9

'**이** 방에서 조르주 할아버지와 이야기를 나누었을 때는 다른 그림이 하나 더 걸려 있었는데…. 분명 밤하늘을 그린 그림이었어. 어디로 간 걸까?'

23 ⤴ 155

뒤를 따라가보니 조르주는 응접실로 들어갔다.

문을 조금 열어 방안을 들여다본다.

'대체…, 뭘 하는 거지?'

마을 지도가 들어 있는 액자에 손을 뻗어 벽에서 떼어냈다.

문 틈 사이로는 손끝이 잘 보이지 않지만 액자 뒤에 무언가를 숨기는 모양이다.

갑자기 뒤돌아본 탓에 당신은 황급히 남쪽 계단에 몸을 숨겼다.

얼마의 시간이 지나자 조르주는 응접실에서 나와 자신의 방으로 돌아갔다. 당신은 응접실로 들어가 액자에 손을 뻗었다.

【단서 마에 '지도 뒤편', 지시 번호 마에 35라고 기입】
【기억 시트 12:30의 메모 칸에 '응접실에 숨긴 비밀'이라고 기입】

24 ⤴ 111

당신은 폭풍 속으로 뛰어들었다. 현관 홀에서 카일이 소리쳤다.

"장! 돌아와야 해! 밖은 위험하다고…!"

어둠으로 인해 좌우를 구별할 수도 없지만, 정신없이 숲속을 헤치며 달린다.

뒤돌아보니 나무 사이로 저택의 불빛이 보인다.

그 순간, 꿍음과 함께 시야가 기울었다. 몸이 두둥실 떠오르는가 싶더니 당신의 몸이 급강하하기 시작했다. 긴 비로 인해 약해진 발밑의 지반이 무너진 것이다. 당신은 하릴없이 흘러내리는 통나무 사이로 빨려 들어갔다.

GAME OVER

25 ⤴ 400

고고학과 의학에 관한 전문 서적이나 학술서 밖에도 프랑스 영화와 오페라, 샹송에 대한 책, 요리와 허브에 대한 책, 소설 등 다양한 장르가 꽂혀 있다.

➡ 단서 **티**가 있는 경우 → 25 + 지시 번호 **티**
➡ 단서 **로**가 있는 경우 → 25 + 지시 번호 **로**

26 ⤴ 369

"조르주 할아버지와 필립이 하던 유물 조사에 대해 미레유 씨가 더 알고 있는 것은 없나요? 아무리 사소한 이야기라도 상관없어요…."

"사소한 것이라…. 글쎄…, 내가 저택을 찾아올 때마다 조르주 씨는 늘 파란 책을 읽고 있었어…."

"파란 책?"

"그래…. 서고에 있는 것 같던데…?"

【단서 **로**에 '파란 책', 지시 번호 **로**에 23이라고 기입】

27 ⤴ 333

"조르주 님의 시체가 발견된 후에 데이비드 씨도 유물을 찾고 있었던 모양이에요…. 피리가 어쨌다던가, 그런 말을 들은 기억이 있는데 무슨 뜻인지는 모르겠어요."

28 ⤴ 286

당신은 커다란 냉장고 뒤로 몸을 숨겼다. 카일이 주방으로 달려 들어왔다가 그대로 화랑으로 사라졌다.

가슴을 쓸어내리려던 찰나, 카일이 화랑을 뒤지던 제레미를 데리고 주방으로 되돌아왔다. 제레미는 당신이 주방에서 나가지 않았다는 사실을 카일에게 알렸음이 틀림없다.

당신은 저항할 틈도 없이 체포되어 수브니르의 파수꾼으로 구속되었다. 갇혀 있는 방 안에서 당신은 잃어버린 기억을 되찾기를 포기하고 어느덧 자신이 범인이라고 생각하게 되었다.

GAME OVER

29 ➡ 167

지구본은 부드럽게 회전했다. 멈추기 직전 지구본 안에서 달그락하는 소리가 들렸다.

"장, 이게 무슨 소리지? 예감이 별로 좋지 않은데…. 조르주도 이 방은 위험하다고 했었지 않은가? 무턱대고 만지지 않는 게 좋지 않을까 싶은데."

➡ 더 돌린다. → 44로

30

본관 1층의 폴라의 방 앞까지 왔다.

폴라는 마을에 있는 주일 예배당이라는 곳에서 하느님을 섬기는 수녀이다. 흔들리지 않는 성격으로 누구나 차별 없이 대하여 마을 사람들에게 사랑받고 있다. 카일의 말에 따르면 크리스핀 신부를 누구보다 존경한다고 한다.

➡ 방의 상태를 살핀다. → 2로
➡ 시간 경과 **1**이 있는 경우 → 30 + 지시 번호 **1**
➡ 시간 경과 **2**가 있는 경우 → 30 + 지시 번호 **2**
➡ 시간 경과 **3**이 있는 경우 → 30 + 지시 번호 **3**
➡ 시간 경과 **4**가 있는 경우 → 30 + 지시 번호 **4**

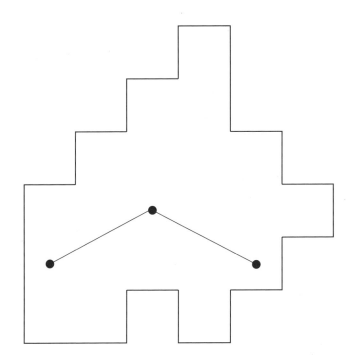

29
30
31

어쩐지 불안한 예감이 들어 떨어져 있는 숯 조각을 가마 안으로 던져 보았다. 그러자 열린 구멍에서 작두가 떨어졌다.

카일은 깜짝 놀라 뒤로 물러났다.

"이건 무슨 함정이야! 목을 넣었으면 큰일 날 뻔했잖아!"

"유물을 숨긴 사람이 저택에 함정을 설치한 모양이네요…. 조심하지 않으면 목숨 부지하기 힘들겠어요…!"

머리가 들어가지 않도록 조심스레 들여다보니 가마 안쪽에 작은 상자가 떨어져 있다. 작두는 한 번 움직이면 얼마간은 움직이지 않는 듯했다. 벽에 걸린 부젓가락으로 상자를 꺼냈다.

상자는 세로 10cm, 가로 15cm 정도의 크기로 꽤 묵직하다. 열쇠가 잠겨 있어 열리지 않고 숫자가 적힌 세 개의 다이얼이 있다. 그리고 상자 곁에는 기묘한 도형이 그려져 있다(아래 그림 참고).

【수수께끼를 풀어서 나타나는 숫자에 해당하는 단락으로】

"**로**넷 씨, 이 저택에 대해서 뭔가 알고 있는 게 있다면 알려 줄 수 있을까요?"

당신이 물어보자 로넷은 겁에 질린 표정으로 이야기하기 시작했다.

"…2층에 떠돌이 광대의 방이란 곳이 있는데요, 그곳은 중세 시대의 저택 주인이 떠돌이 광대에게 빌려주었던 방이라고 해요. 조르주 님은 그 방은 위험하니 절대로 들어가지 말라고 저와 제레미에게 말했어요. 어딘가 열쇠도 숨겨 놓았을 거예요. 아마…"

"심작 가는 곳은 없을까?"

"네. 꽃병 속에 숨겨 놓은 게 아닐까요? 꽃꽂이는 항상 조르주 님이 직접 담당했었고 제가 하려고 하면 불같이 화를 냈어요."

【단서 **러**에 '꽃병 속', 지시 번호 **러**에 11이라고 기입】

창고 바닥은 다른 장소와 달리 타일이 깔려 있으며 각각의 타일에는 숫자가 아무렇게나 적혀있다.

그 타일 중 단 하나, 초록색 돌이 박혀 있는 것이 있다. 돌 표면에는 다음과 같은 문자가 새겨져 있다.

GR□EN

➡ 단서 **하**가 있는 경우 → 33 + 지시 번호 **하**

1층으로 내려가 주방을 살펴보니 제레미가 디저트를 만들고 있다. 제레미는 요리를 하며 노래를 부르고 있다.

> ♪꺼진 촛불을 밝히고
> 의자와 테이블을 놓으면
> 유리잔에 와인을 가득 채워요
> 사과 껍질을 칼로 벗겨내
> 마지막 마무리로 즐겨봅시다!

"이야, 제레미 씨, 기분이 좋아 보이네요."

"장, 조금만 더 기다리라고. 오늘 네가 평생 잊을 수 없는 요리를 만들 테니까 말이야!"

"기대할게요. 지금 부른 노래는 뭔가요?"

"이 지역에서 예로부터 전해지던 디너 곡이지. 노래를 만든 사람은 기욤인가 뭔가 하는 사람이야."

【기억 시트 18:30의 메모 칸에 '디너를 위한 노래'라고 기입】

35

19:30

원형 테이블에 앉자 머지않아 다른 초대손님도 도착했다. 12명 전원이 모이자 드디어 만찬회가 시작된다.

제레미의 요리는 훌륭했다. 그릴에 구운 주키니 호박을 곁들인 카프레제, 우엉 포타주, 흰 살 생선 푸알레와 양고기 로티, 트리플 치즈 라클렛과 빵, 그리고 최고급 와인까지. 이제껏 본 적 없는 진수성찬에 당신은 넋을 잃었다.

카일도 기분이 좋은지 옆자리에 앉은 데이비드와 여러 차례 와인잔을 부딪치며 건배했다. 그러더니 몸을 돌려 반대편 옆에 앉은 이자벨에게 요리의 향신료에 대해 이러쿵저러쿵 장황한 설명을 늘어놓는다.

클로드는 진심으로 셰프의 요리를 칭찬했다. 실제로도 요리는 더할 나위 없이 맛있었지만, 당신은 오른쪽 옆자리에 앉은 제레미가 일일이 요리에 대해 설명을 하는 통에 점점 맛을 느낄 수 없게 되었다.

당신 바로 앞에 앉은 조르주는 파티를 열었음에도 별다른 이야기도 없이 묵묵히 식사하고 있다. 하지만 늘 있는 일이라는 듯, 누구 하나 특별히 신경 쓰는 사람은 없었다.

디저트로 나온 산딸기 크림 접시가 비어갈 무렵, 조르주가 천천히 몸을 일으키며 말했다.

"여러분에게 꼭 말씀드려야 할 게 있습니다… 실은…"

조르주는 근심 가득한 표정으로 원형 테이블의 중심을 바라보았다.

"…실은, 유물을 발견했다는 말은 사실이 아닙니다."

초대손님들은 서로의 얼굴을 바라보았다.

"…사실이 아니라니? 그게 무슨 말인가요?"

당신은 조르주에게 물었다.

"여러분에게 유물을 보여드리려고 초대했는데…, 죄송합니다. 유물은 바…, 발견되지 않았습니다…."

"무…, 무슨 말을 하는 건가! 조르주! 그런 터무니없는 일이 어디 있는가!"

데이비드가 언성을 높였다. 거실은 정적에 휩싸였다. 조르주는 더 이상 아무런 말도 하지 않은 채 자리를 벗어나 거실을 나갔다.

"부디 조르주 씨를 용서해주시길 저도 부탁드립니다…."

필립은 고개를 숙이고 기어들어 가는 목소리로 말했다 데이비드는 거칠게 자리를 박차고 일어나 "어떻게 된 일인지 설명해"하고 필립에게 고함쳤다. 옆자리에 있던 카일이 침착하라고 타일렀지만 데이비드는 그를 뿌리치고 조르주의 뒤를 쫓았다. 당신도 자리에서 일어나 조르주의 방으로 향했다.

【기억 시트 19:30의 메모 칸에 '발견 취소'라고 기입】

36 ⮕ 25

"여기 있다! 데이비드 아저씨가 그때 읽던 책이야."

당신은 책을 손에 들었다. 빨간 책 표지에는 심오한 점술사 그림이 그려져 있다.

"이 책이 틀림없겠지?"

"네. 이 책에 어떤 단서가 있을 거예요."

"데이비드 씨는 이 책을 읽고 밤이 되자 살롱에 피아노를 치러 갔다는 건가…?"

"이건? 피리 부는 법 같은데요…." (아래 그림 참고)

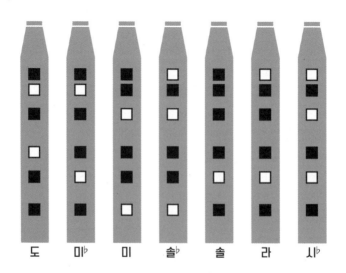

37 ↱ 17

"**내** 기억이 틀리지 않는다면…, 이 괘종시계 뒤에 뭔가 장치가 있을 거야."

확실히 바닥에는 시계를 움직인 흔적이 남아 있다. 체중을 실어 괘종시계를 밀었다.

"…여기 있다!"

괘종시계 뒷면 벽에는 사람 한 명이 겨우 들어갈 만한 작은 문이 나 있다. 그리고 문에는 숫자가 적힌 다이얼 같은 것이 달려 있다. 다이얼은 나무로 만들어져 있고 어쩐지 매우 오래된 태엽처럼 보인다. 그 옆에 의미를 알 수 없는 문자가 새겨져 있다.

【수수께끼를 풀어서 나타나는 숫자에 해당하는 단락으로】

➡ 다이얼을 아무렇게나 돌려 본다.

→ 142로

시침, 분침, 초침 순서대로

"**두** 분 모두 너무 무리하지 마세요…."

폴라 수녀는 당신과 카일을 방으로 들였다.

"보고가 늦었습니다만, 동쪽 문이 열려서 거실에 있던 사람들은 각자의 방으로 돌아갔습니다."

카일이 자랑스레 말했다.

"그것참 잘 되었네요. 뭐니 뭐니 해도 이럴 땐 방에서 안정을 찾는 게 좋을 거예요."

➡ 조르주의 살해에 대해서 물어본다. → 171로

➡ 다른 초대손님에 대해서 물어본다. → 246으로

➡ 단서 **머**가 있는 경우 → 38 + 지시 번호 **머**

초대손님을 거실에 불러 놓고 당신은 다시 한번 데이비드가 살롱에서 죽어 있던 사실을 전했다. 사람들의 공포와 긴장감은 이미 극한에 달해 있었다.

"누…, 누구야…, 누구란 말이야 대체! 이 중에 있는 거잖아! 수브니르의 파수꾼…. 장! 너지! 네가 두 번이나 시신을 발견했잖아!"

제레미가 당신을 가리키며 고함치듯 말했다.

"그만해, 제레미! 여기 모두가 수상하니까! 자네도 예외는 아니란 말일세!"

클로드가 언성을 높였다.

"뭐…, 뭐라고요?"

제레미가 클로드를 노려보며 바짝 다가섰다. 이자벨이 그들을 막아섰다.

"그만! 그만들 하세요!"

"…그랬군, 당신이었어. 이자벨, 당신이었구나…. 수브니르의 파수꾼…."

"제레미 씨! 그만 좀 하세요!"

크리스핀 신부가 소리치자 거실은 정적에 휩싸였다. 돌풍이 격자창을 덜컥덜컥 두드린다. 제레미는 납득할 수 없다는 얼굴로 이자벨을 보고 있다.

얼마간의 침묵이 흐른 뒤 카일이 운을 뗐다.

"…아직 바람이 잦아들지 않고 있습니다. 더 이상 희생자가 나와서는 안 돼요. 한시라도 빨리 수사를 재개해야겠습니다. 여러분은 방으로 돌아가세요. 그리고 반드시 문을 잠가 두길 바랍니다!"

결국 초대손님들은 카일이 이르는 대로 방안에서 안전을 바랄 수밖에 없었다.

➡ 카일과 함께 살롱으로 간다. → 346으로

40 ↪ 380

목제 선반에는 다섯 권의 책이 놓여 있고 각각의 책 위에는 물건이 올려져 있다.

➡ 위에 양초가 올려진 책을 본다. → 379로

➡ 위에 해골이 올려진 책을 본다. → 67로

➡ 위에 십자가가 올려진 책을 본다. → 224로

➡ 위에 모래시계가 올려진 책을 본다. → 353으로

➡ 위에 낫이 올려진 책을 본다. → 127로

41 ↪ 392

'원형 테이블…, 나는 여기 앉아 있었어.'
카일과 제레미가 당신을 향해 다가온다.
'틀렸어, 생각이 나지 않아.'
원형 테이블을 벗어나 도망치려던 순간 제레미가 당신에게 프라이팬을 던졌다. 프라이팬은 오른쪽 다리를 정확히 맞췄고 당신이 넘어지자 그 틈을 놓치지 않고 붙잡히고 말았다.
당신은 수브니르의 파수꾼으로 구속되었다. 갇혀있는 방 안에서 당신은 잃어버린 기억을 되찾기를 포기하고 어느덧 자신이 범인이라고 생각하게 되었다.

GAME OVER

42 ↪ 30

문을 두드리자 수도복을 입은 폴라가 얼굴을 내밀었다.
"폴라 수녀님, 잠시 여쭙고 싶은 게 있습니다."
폴라는 당신과 카일을 방으로 들였다.
"조르주 할아버지의 유물 조사에 대해 수녀님은 뭔가 알고 있나요?"
"유물과 관계가 있는지는 모르겠지만…. 매주 일요일, 주일 예배당에 어린아

이들을 모아 놓고 동화를 읽어 주고 있어요. 그러던 어느 날 조르주 씨가 그 장소를 지나간 적이 있는데, 제가 읽어주었던 동화에 큰 관심을 갖고 있었어요."

"흠. 조르주 씨가 동화에 관심을 보이다니, 상상이 안 되는 군. 그렇지 장?"

➡ 어떤 동화였는지 물어본다. → 336으로
➡ 어떤 모임이었는지 물어본다. → 231로

43 ↪ 193

"그건 훌륭한 그림일세! 분명 프라 안젤리코의 최고의 걸작인 데다 심지어 진품이란 말이지. 조르주 씨는 그 그림을 팔겠다고 했어. 거기에 그려진 그림이 더는 아름답다는 생각이 들지 않는다나 뭐라나…. 예수가 부활하는 장면이 아름답지 않다니, 무슨 심경의 변화란 말인가. 솔직히 말해서 전혀 이해할 수 없다고!"

44 ↪ 29

당신은 카일의 말을 무시하고 지구본을 돌렸다. 갑자기 목에 따끔한 통증이 느껴진다. 지구본에서 바늘이 발사되어 당신 목에 꽂힌 것이다. 곧장 바늘을 빼냈지만, 의식이 몽롱해지며 버틸 수가 없다. 아무래도 바늘에 독이 묻어 있는 모양이다.

시야가 천천히 옆으로 기울더니 그대로 온 세상이 하얗게 뒤덮였다.

GAME OVER

45

14:30

가슴이 답답해진 당신은 바깥 공기를 쐬려고 정원으로 나섰다.

정원에서는 데이비드와 로넷, 그리고 처음 본 남자 한 명이 꽃을 보고 있다. 당신은 데이비드에게 말을 걸었다.

"데이비드 아저씨. 와 계셨네요."

"어, 그래, 장! 오랜만이군. 방금 도착한 참이라네. 오는 도중에 잠시 길을 헤매고 말았지 뭔가. 고미술상을 하는 클로드 씨와 이 근처에서 마주쳐서 함께 왔지."

"크흠, 클로드다. 처음 보는 군 그래."

"장이라고 합니다. 할아버지가 많은 도움을 받고 있다 들었습니다."

"…그렇군? 그럼 나는 화랑에서 그림을 좀 보고 오겠습니다. 여러분은 편히 계세요."

➡️ 데이비드, 로넷과 대화를 나누었던 기억을 생각해낸다. → 285로

---

46 ↩ 16

당신은 안경을 쓰고 장식품 뒤를 보았다. 그러자 그림이 떠오르기 시작했다.

끝말잇기로 연결하자

---

47 ↩ 363

"**이**자벨 씨! 잠시 실례 좀 하겠소!"

거세게 문을 열어젖히고 방 안으로 들어선다.

"없는데?"

방안은 텅 비어 있다. 테이블과 침대를 살펴봐도 몸싸움을 한 흔적은 없다.

"…화장실에 간 것일지도 모르겠네요."

"그런 거라면 다행이지만…."

"무슨 생각을 하고 계시는가요?"

"…만약 그녀가 범인이고 어딘가에 숨어 우리를 지켜보고 있는 거라면…?"

"설마! 무슨 근거로 그런 말씀을 하십니까?"

"그저 내 기우라면 다행이겠지만…."

당신은 책꽂이의 책 수납장에 파란 책이 총 12권 꽂혀 있는 것을 발견했다. (다음 페이지 참고)

"미레유 씨가 취재하러 올 때마다 할아버지가 항상 읽고 있던 파란 책…. 분명 유물과 관련된 힌트가 숨어 있을 텐데…."

당신은 책을 읽어 보았지만 어떤 책에 제대로 된 힌트가 실려 있는지 알 수 없었다.

"음…? 장, 이게 뭘까?"

카일은 파란 책 중 한 권에서 작은 메모가 끼워져 있는 것을 발견했다. (아래 그림 참고)

"할아버지의 글자야!"

【수수께끼를 풀어서 나타나는 숫자에 해당하는 단락으로】

힌트

1. 1층을 2층에 맞추어라.
2. 하트에 스페이드, 다이아, 클로버를 넣어라.
3. 미→솔♭→라 순서.
4. 4장의 카드를 사용한다.
5. 시♭→솔♭→도 순서
6. 왼손, 오른손, 왼발, 오른발이 나타내는 장소.
7. 2층을 1층에 맞추어라.
8. 지시 번호 파→아→코.
9. 스페이드에 다이아, 하트, 클로버를 넣어라.
10. 오른손, 왼손, 오른발, 왼발이 나타내는 장소.
11. 지시 번호 러→더.
12. 단락 1로 돌아가라.

파란 책 12권이 책 수납장에 꽂혀있다.
힌트는 모든 책에 적혀 있지만 어떤 책에 올바른 힌트가 적혀있는지 알 수 없다.
또한, 올바른 힌트가 적힌 책은 여러 권일 가능성도 있다.
그 책을 찾아내 올바른 힌트를 발견하길 바란다.

올바른 힌트가 적혀 있는 책은…
각 단에서 가장 큰 번호가 적힌 책은 아니다.
키가 작은 책 옆에 있는 것은 아니다.
옆에 있는 책과 번호를 더하면 최소한 어느 한 쪽은 홀수가 된다.
위, 아래 어느 쪽은 번호 차이가 3 이하이다.

당신은 폴라의 방문을 두드렸다.

"폴라 수녀님, 혹시 잠드셨나요? 잠시 여쭤볼 것이 있어서요…."

한참을 기다려도 대답이 없다. 문에 귀를 가까이 대고 방안의 기척을 살피지만 아무런 소리도 들리지 않는다.

"잠들었나? 그게 아니면 화장실에 간 걸까?"

손잡이를 돌려 보지만, 잠겨 있는 모양이다.

세면대는 욕실과 화장실로 이어져 있다. 저택은 오래되었지만, 수도 근처는 로넷의 꼼꼼한 청소 덕분에 항상 청결하다.

북쪽 벽에는 액자 그림이 걸려 있고 거울 선반에는 어떤 물건의 받침대가 놓여 있다.

➡ 북쪽 벽에 걸린 그림을 살펴본다. → 150으로

➡ 받침대를 조사한다. → 216으로

➡ 시간 경과 **4**가 있는 경우 → 50 + 지시 번호 **4**

바둑판 위에서 석상을 제대로 옮기자 석상의 입이 열렸다. 입속에는 손잡이가 해골 모양인 열쇠가 들어 있다.

"이건 분명 납골당 열쇠일 거야…. 그럼, 장! 내가 문을 한번 열어 보겠어. 잠시 실례하지."

【MAP 지하 '납골당'에 380이라고 기입】

52 ↪ 370

응접실 동쪽 벽에 걸린 액자에는 오래된 마을 지도가 들어 있다. 지도 모서리에는 연호가 적혀 있다.

14세기에 그려진 지도인 듯하다. 이 저택은 마을 변두리의 산속에 있어 마을 건물들과 꽤 멀리 떨어져 있다.

➡ 단서 **마** 가 있는 경우 → 52 + 지시 번호 **마**
➡ 단서 **저** 가 있는 경우 → 52 + 지시 번호 **저**

53 ↪ 30

폴라는 지금까지 항상 흔들리지 않는 태도를 유지해 왔지만, 수사가 시작된 후로 희생자가 발생한 것에는 그녀도 충격을 감출 수 없는 모양이었다. 하느님을 섬기는 몸으로 사람을 믿고 용서하려는 정신과 씻을 수 없는 의심이 강하게 부딪히고 있는 것처럼 보였다.

➡ 데이비드의 살해에 대해서 물어본다. → 382로
➡ 3건의 사건에 대해서 물어본다. → 222로

54 ↪ 321

당신은 지구본을 더 돌렸다. 갑자기 바람을 가르는 소리와 함께 지구본에서 무언가 발사되더니 가슴에 통증이 느껴지기 시작했다. 가슴을 내려보니 바늘처럼 생긴 것이 왼쪽 가슴에 꽂혀 있다.

바늘을 빼보려 하지만, 손발이 저리는 탓에 서 있을 수조차 없다.

당신은 앞으로 고꾸라지듯 쓰러졌다. 당신의 이름을 외치는 카일의 목소리가 점점 희미해지더니 이내 멎었다.

GAME OVER

사이드 테이블 위에는 재떨이와 누군가 마시던 홍차가 놓여 있다. 꽃병에 담긴 꽃은 이미 시들어버린 듯하다.

➡ 홍차를 조사한다. → 238로

➡ 재떨이를 살펴본다. → 80으로

➡ 단서 **러**가 있는 경우 → 55 + 지시 번호 **러**

'**3**월 12일 15시 30분'이라 적힌 테이프를 재생했다. 스피커에서 데이비드의 목소리가 흘러나온다.

"…한 고딕 양식이야. 그나저나 아까 정원에 나가봤는데 천리향이 아주 멋있게 피어 있더군. 속… 구석… 수수께끼… 이 일곱… 던데… 건 뭐였을까? 어라? 장이 응접실에서 나오는구먼. 이자벨 선생과 응접실에서 추억 이야기라도 한 건가?"

중간중간 노이즈가 심한 탓에 잘 들리지 않는다.

57 ↪ 15

"**데**이비드 아저씨는 두 대의 피아노를 동시에 두드리다가 살해당했어…. 이 피아노에 유물과 관련된 단서가 있을 거야."

【수수께끼를 풀어서 나타나는 숫자에 해당하는 단락으로】

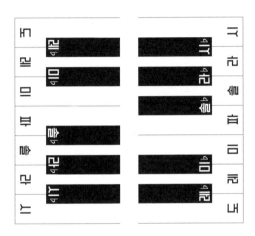

두 대의 피아노를 찾아서 아래의 음계를 연주하라

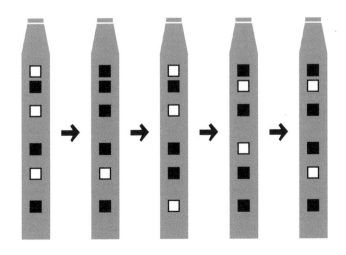

58 ↪ 356

오른쪽 옆구리에 상처가 남아있는 것처럼 보였다. 문자를 새긴 것 같다.

"L…e…m…a…. 레마라고 읽는 건가?"

문자의 의미는 알 수 없다. 하지만 필립을 만진 순간 당신은 거실에서 필립과 대화하던 장면을 생각해냈다.

【기억 시트 16:30의 단락 칸에 305라고 기입】

59 ↪ 83

"혹시 마음에 걸리는 일이 있으신가요?"

"있습니다. 계속 신경 쓰고 있었습니다. 하지만 사건과는 아무런 연관이 없는 이야기라고 생각했습니다."

"말씀해 주시겠습니까?"

"응접실에 있는 마을 지도는 이 마을의 옛날 지도라고 들었습니다. 그런데 무언가 이상한 느낌이 듭니다. 지도인데 길이 그려져 있지 않다니 무슨 뜻일까. 그런 생각이 들었습니다."

"말씀을 듣고 보니 그렇군요…."

【단서 **저**에 '지도의 길', 지시 번호 **저**에 22라고 기입】

60

당신은 크리스핀 신부의 방 앞에 왔다.

➡ 시간 경과 **2**가 있는 경우 → 60 + 지시 번호 **2**
➡ 시간 경과 **3**이 있는 경우 → 60 + 지시 번호 **3**
➡ 시간 경과 **4**가 있는 경우 → 60 + 지시 번호 **4**

61 ↪ 259

"그나저나 제레미 씨는 담배를 피우십니까?"

"뭐? 피우긴 하지. 가끔이지만 말이야. 갑자기 왜 그런 걸 묻는 거지?"

58
59
60
61
62
63
64
65

62 ↱ 235

"62…. 그때, 서고에서 읽었던 책의 해답은 62예요! 분명 숫자가 적힌 바닥이 유물로 이어진 길이라고 적혀 있었어요."

"숫자가 적힌 바닥? 이 저택에 그런 것도 있었던가?"

【단서 **하**에 "바닥 번호", 지시 번호 **하**에 62라고 기입】

63 ↱ 105

그러고 보니 등 뒤에서 인기척이 느껴진다. 당신은 온 신경을 곤두세워 그 사람의 기운을 살폈다. 어슴푸레 옷이 스치는 소리가 들려온 그 순간, 카일이 뒤를 돌아 문을 향해 달려갔다.

하지만 그곳에는 이미 아무도 없었다. 북쪽 계단을 통해 1층으로 내려간 걸까?

"범인이었을까요…?"

➡ 금고를 연다. → 416으로

64 ↱ 204

"**최**후의 만찬에서 그리스도는 유다가 자신을 배반한다는 것을 간파했지."

"그럼 유다는 거기서 붙잡히게 되나요?"

"아니, 그리스도는 그저 유다에게 이렇게 말할 뿐이었다. '네가 하는 일을 속히 하라'라고 말이야."

"…마치 배반을 부추기는 것만 같네요."

➡ 유다의 입맞춤에 대해서 물어본다. → 367로

65

17:00

"하하하, 필립. 농담은 그만두라고."

"핫핫핫! 그래도 미레유 씨는 항상 아름답다니까."

필립과 쓸데없는 이야기를 나누고 있을 때, 현관 쪽에서 노크 소리가 들려왔다.

"어? 누군가 왔나 보군. 나가봐야겠어. 장, 또 이야기하자고."

필립은 현관으로 나갔다.

주방 문이 열리더니 로넷이 나와 북쪽 창을 통해 밖을 내다본다. 비가 점차 거세지고 있다.

"어머…, 비가 오잖아. 바람도 강해질 것 같으니 정원 문을 잠가야겠어."

중얼거리던 로넷이 열쇠를 들고 거실을 빠져나갔다.

【단서 ㉏에 '잠금 17시', 지시 번호 ㉏에 17이라고 기입】

➡ 살롱에 갔던 기억을 생각해낸다. → 296으로

---

66 ↩ 55

시들어버린 꽃을 꺼내고 꽃병 속을 들여다보지만, 물 외에는 특별한 것이 없어 보인다. 조르주가 떠돌이 광대의 방 열쇠를 숨겨 둔 곳은 이곳이 아닌 모양이다.

---

67 ↩ 40

해골을 치우고 책 제목을 확인한다. 《나팔절 사해문서》라고 적혀 있다.

---

68 ↩ 60

"**신**부님, 조르주 씨가 누군가에게 살해당했다는 사실을 알게 되었습니다."

카일이 잔뜩 찌푸린 얼굴로 말했다.

"세상에…! 오오, 하느님이시여, 조르주 폴라스키의 방황하는 심령을 구원하소서…."

크리스핀 신부는 묵주를 손에 쥐고 십자성호를 긋고 나서 하느님에게 빌었다.

➡ 조르주의 살해에 대해서 물어본다. → 99로

➡ 필립의 살해에 대해서 물어본다. → 289로

---

69 ↩ 50

문을 열자 세면대 앞에 폴라가 서 있다.

"어머, 장. 기억이 꽤 많이 돌아왔다고 들었는데 범인을 알아낼 단서는 찾았나요?"

"그게…."

그 순간 괘종시계의 방에서 붉은 피로 물든 칼을 쥐고 있는 자신의 손이 뇌리를 스쳤다.

➡️ 기억에 대해서 이야기한다. → 221로
➡️ 흡연하는지에 대해서 물어본다. → 391로

70

정원으로 나가는 문은 강풍으로 인해 덜그럭덜그럭 소리를 내며 흔들린다. 카일은 벽에 걸린 랜턴을 내려서 불을 붙였다. 문을 열자 비바람이 거세게 불어닥친다. 팔을 들어 얼굴로 쏟아지는 비를 막고 정원으로 나갔다.

생각보다 거센 비바람이다. 랜턴은 거친 날씨에도 사용할 수 있는 사양이지만 잠시 밖에 서 있는 것만으로도 흠뻑 젖어버릴 것 같다.

➡️ 정원을 살펴본다. → 202로
➡️ 단서 🔑가 있는 경우 → 70 + 지시 번호 🔑

71 ↪ 248

"떠돌이 광대의 방은 잠겨 있네요."

"그럴 거야…. 떠돌이 광대의 방은 위험하니까 들어가지 말라고 조르주 씨가 항상 말했다고. 실제로도 그 방은 늘 잠겨 있었을 거야. 만약 실수로 들어가게 된다고 하더라도 지구본에는 절대로 손을 대지 말라고 말했었지. 그런 말을 들으면 더 만져보고 싶은 게 인지상정이지만 말이야."

72 ↪ 12

당신은 라이터로 마지막 페이지를 그을렸다.

"어, 어이 무슨 짓이야! …어, 어라? 글자가…."

백지였던 페이지에 그을린 글자가 드러났다.

> 조합할 세 종류의 에센셜 오일은 색이나 이름이 모두 다르다.
> 조합하는 순서대로 끝말잇기를 할 수 있다.

당신은 책상 위에 놓인 일지를 팔락팔락 넘기며 훑어 내려갔다.

"오늘은 마을 관청에서 정기검진을 했다. 오후에 폴라 수녀가 검진을 받으러 왔다. 폴라 수녀는 지금까지 나에게 한 번도 진찰을 받은 적이 없다. 그녀는 정말 부러울 정도로 건강하다."

"크리스핀 신부가 말한 대로, 정말 이 지도에는 건물만 그려져 있고 길은 보이지 않는군." (책의 겉표지 뒷면 참고)

"오래된 지도이긴 하지만 그 당시에도 길은 있었을 텐데요."

당신은 액자의 패널을 분리해서 지도를 꺼냈다. 그 뒤에 무언가 적혀 있다.

> 지도에 4장의 카드로 길을 배치하여 집을 이어주는 길을 만들어라.
>
> 단, 7채의 건물 중 2채는 길을 이어서는 안 된다.
> 카드가 서로 겹쳐서는 안 된다.
> 또한, 도중에 끊어지는 길이 있어서는 안 된다.
> 연결한 건물의 숫자를 모두 곱하라.

【수수께끼를 풀어서 나타나는 숫자에 해당하는 단락으로】

복도는 캄캄하다. 당신은 신경을 곤두세웠다.

…똑 …똑

저택 안에 소리가 울려 퍼진다. 밖에서 들리는 빗소리는 아닌 것 같다.

"…이게 무슨 소리지? 비가 새기라도 하는 건가?"

소리는 남쪽 계단 방향에서 들려온다. 2층이다.

➡ 카일의 방으로 간다. → 351로

➡ 2층으로 간다. → 294로

76 ↱ 330

선반에는 서랍이 많이 있으며 0~9까지의 숫자가 적혀있다. 그 속에는 다양한 조미료와 향신료 등이 들어 있다. 조미료 선반으로 사용하는 모양이다. 선반 옆 벽에는 종이가 붙어 있다. '집주인'의 서명이 있는 것으로 보아 조르주가 적은 것이 아닌가 추측한다.

"네 할아버지는 요리에 대해서도 깐깐하게 굴었던 모양이군?"

"아니요, 요리는 전혀 못 했어요. 굳이 이런 걸 적어 놓지 않더라도 제레미 씨가 제대로 정리했을 텐데…."

0	설탕
1	후추
2	소스
3	소금
4	케첩
5	발사믹 식초
6	머스터드
7	비네거
8	바질
9	너트맥

반드시 정해진 위치에 둘 것. 위치를 바꾸지 말 것!

- 집주인

낮 동안 데이비드가 발견한 7개의 돌을 찾는다. 돌은 정원 구석에서 비를 맞고 있었다. 잡초를 치우고 땅 위를 자세히 보니 바둑판 같은 것이 그려져 있다. (아래 그림 참고)

"분명 여기에도 유물과 관련된 단서가 숨겨져 있을 텐데…."

【수수께끼를 풀어서 나타나는 숫자에 해당하는 단락으로】

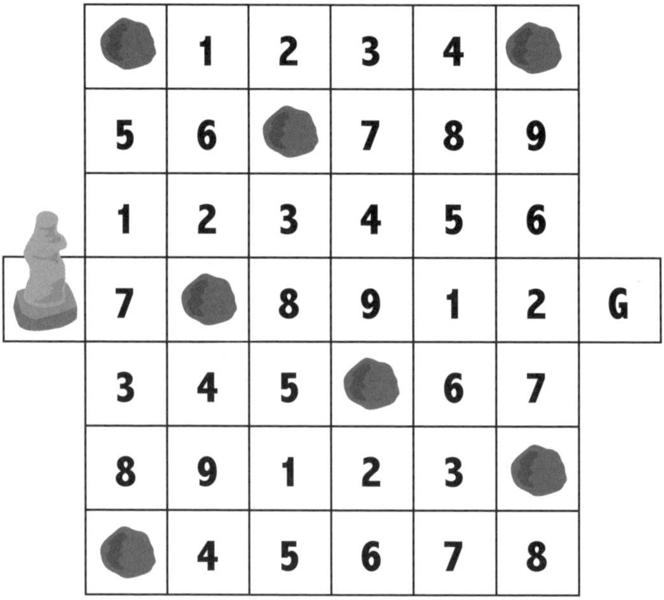

---

78 ↩ 300

벽에서 튀어나온 2개의 촛대에 10개의 초가 꽂혀 있다. 특별한 점은 보이지 않는다.

---

79 ↩ 60

"마침 잘 오셨습니다."

"무슨 일이 있으신가요?"

"묵… 묵주를 잃어버렸습니다. 잠시 화장실에 갔었는데 방으로 돌아온 후에 없어진 것을 알았습니다."

크리스핀 신부는 제정신이 아닌 상태로 방 안 이곳저곳을 헤집고 있다.

"우선 침착하세요. 만약 발견하게 되면 가져다드리겠습니다."

"고맙습니다."

【단서 **도**에 '묵주', 지시 번호 **도**에 10이라고 기입】

➡ 흡연하는지에 대해서 물어본다. → 303으로

---

80 ↩ 55

재떨이에는 담배꽁초가 7개 남아 있다. 브랜드는 지탄, 골루아즈, 보이야르, 갈리아의 4종류가 있다.

➡ 단서 **허**가 있는 경우 → 80 + 지시 번호 **허**

---

81 ↩ 132

"그렇다면 참회를 해야겠군요."

등 뒤에서는 카일이 동쪽 문을 열었다.

➡ 범행을 자백한다. → 14로

조르주가 고용한 셰프 제레미는 북쪽 벽 주변을 왔다 갔다 서성이고 있다. 누가 봐도 안절부절못하는 표정으로 이따금 깊은 한숨을 내쉬었다.

"제레미 씨, 잠시만 실례를."

"그래. 뭔가 사건을 해결할 만한 단서는 찾았나?"

"아쉽게도 아직 상황은 크게 바뀌지 않았어요."

"…이 저택에 도착한 이후의 기억을 잃어버렸다는 게…, 정말이야?"

제레미는 매서운 눈초리로 당신을 흘겨보았다.

"믿기 싫은 마음은 충분히 이해하지만, 사실이에요."

➡ 필립에 대해서 물어본다. → 161로

➡ 흉기로 사용한 칼에 대해서 물어본다. → 349로

➡ 수브니르의 파수꾼에 대해서 물어본다. → 371로

당신과 카일은 크리스핀의 객실 소파에 걸터앉았다.

크리스핀 신부는 안절부절못한 모습으로 목에 건 묵주를 만지작거리고 있다.

➡ 몸에 새겨진 문자에 대해서 물어본다. → 266으로

➡ 마음에 걸리는 일이 없는지 물어본다. → 59로

➡ 단서 **커**가 있는 경우 → 83 + 지시 번호 **커**

"**별**관 지하에 있는 방을 발견했는데요 예배당이나 교회처럼 보였어요."

"기도실이야…."

"두 사람은 지하나 열리지 않는 방도 조사했던 걸까요?"

"열리지 않는 방에는 2개의 쌍둥이 가면과 천칭 함정이 있다고 조르주에게 들은 적 있어. 그 가면을 만질 때는 반드시 납골당에 있는 책을 확인해야 한다고 말이야…."

"아니! 그 사람들은 열리지 않는 방도 조사를 했었단 말인가!"

85

18:30

크리스핀 신부의 연주는 여전히 이어지고 있다.

"…잠시 화장실에 좀 다녀와야겠어."

당신은 나지막이 중얼거리며 자리에서 일어섰다.

➡ **주방에서 디너 준비를 살피던 기억을 생각해낸다. → 34로**

➡ **화장실에 갔던 기억을 생각해낸다. → 362로**

86

천칭 양쪽에 가면이 올려져 있다.

➡ **왼쪽 가면을 천칭에서 내린다. → 169로**

➡ **오른쪽 가면을 천칭에서 내린다. → 20으로**

➡ **양쪽을 동시에 천칭에서 내린다. → 403으로**

➡ **처음부터 다시 한다. → 8로**

87 ↩ 52

액자를 벽에서 떼어낸 뒤 뒤집었다. 뒷면에는 작은 엽서함 같은 것이 있으며 그 속에는 빛바랜 수첩이 들어있다. 조르주는 이것을 숨기려던 작정이었을까?

"장, 뭔가 써진 것이 있는가?"

"…이게 뭘까요? 시…인 것 같은데요?"

"시? 그 현실주의자 노인이 말인가?"

"네. 저도 조금 이상하다 생각되지만, 이건 조르주 할아버지의 글자가 틀림없어요. 조금 전에 발견한 의미를 알 수 없는 문장도 시였던 걸까요?"

당신은 페이지를 팔랑팔랑 넘겼다. 수첩 가운데 단 한 장, 찢어진 페이지가 있다.

➡ **가장 마지막 페이지를 읽는다. → 384로**

➡ **단서 파가 있는 경우 → 87 + 지시 번호 파**

88 ⤷ 287

"그래…. 생각났어. 조르주 할아버지는 분명히 이 그림에 대해서 이야기하셨어. 그때는 마음이 딴 곳을 향해있는 것 같았지만 말이야…."

【기억 시트 20:00의 단락 칸에 225라고 기입】

89 ⤷ 315

당신은 파티가 시작될 때까지 살롱에서 잠시 쉬기로 했다.

살롱에서는 클로드가 동쪽 벽에 걸린 그림을 감상하고 있다. 데이비드는 소파에 기대어 앉아 따분하다는 듯 빨간 책을 읽고 있다.

【단서 **터**에 '빨간 책', 지시 번호 **터**에 11이라고 기입】

➡ 데이비드에게 말을 걸었던 기억을 생각해낸다. → 273으로

90

조르주는 괘종시계의 방을 썩 마음에 들어 했으며, 기분전환이 필요할 때는 안쪽으로 난 미술품 보관 창고에서 그림을 꺼내 와서는 이곳에서 한참을 감상에 젖어 있었다. 연구에 몰두하던 조르주에게 이곳은 평안의 안식처이기도 했다.

하지만 지금은 카펫이 붉은 피로 낭자하고 흔들의자에는 필립의 시체가 걸쳐 있다.

➡ 문을 조사한다. → 125로

➡ 흔들의자를 만져본다. → 427로

➡ 필립의 시체를 조사한다. → 356으로

➡ 괘종시계를 조사한다. → 17로

➡ 벽을 살펴본다. → 9로

☞ 여러 개의 선택지 가운데서 다음으로 하고 싶은 행동을 선택한 다음 그 단락으로 이동합니다.

88
89
90
91
92
93
94

91 ↪ 251

당신은 창문을 열고 로넷의 방에 숨어들었다. 방에 있던 로넷이 깜짝 놀라 비명을 질렀고 반쯤 미친 사람처럼 전기스탠드와 꽃병 등을 닥치는 대로 던졌다.

복도로 빠져나오는 데 시간을 빼앗긴 당신은 발코니에서 들어오던 카일과 제레미에게 붙잡혀 수브니르의 파수꾼으로 구속되었다. 갇혀있는 방 안에서 당신은 잃어버린 기억을 되찾기를 포기하고 어느덧 자신이 범인이라고 생각하게 되었다.

GAME OVER

92 ↪ 190

오른쪽 가마에는 구멍이 뚫려 있다. 어쩐지 망가져 있는 듯했다. 이 가마의 주변 바닥은 거뭇거뭇하게 변해있다.

➡ 가마 안으로 고개를 넣어 들여다본다. → 264로
➡ 가마 안으로 아무거나 던져 본다. → 31로

93 ↪ 278

타살이라면 사인을 알 수 있을 거란 생각에 머리를 조사해 보았지만 별다른 외상은 발견되지 않았다. 역시 와인에 들어 있는 독을 마시고 죽은 것이 틀림없는 듯하다.

94 ↪ 366

작은 왕관을 손에 들고 머리 위에 올렸다.
"하하하. 장, 무슨 흉내를 내는 건가?"
카일이 그 모습을 보고 웃었다.
"하하하…, 왕이에요. 아야."
왕관을 벗으려다가 그만 왕관 테두리의 뾰족한 부분에 손가락을 베고 말았다.
"괜찮은 거야? 피가 흐르는데."
"네, 괜찮아요."
그렇게 말하고 왕관을 테이블에 돌려놓으려는 순간, 시야가 흐려졌다.
"왜 그래, 장! 안색이…, 창백하잖아!"

왕관에 독이 묻어 있었던 모양이다.

"카… 카…일 씨…, 이 방은 위… 위험해… 빨리… 나… 가요."

혀가 마음대로 움직이지 않는다. 전신이 딱딱하게 굳어가고 당신은 무릎에서부터 힘이 빠져 그대로 넘어졌다. 천장 대들보와 무언가 소리치는 카일이 보인다. 조명이 천천히 꺼지듯이 시야가 점점 흐려져 가더니 마침내 모든 세상이 어둠에 휩싸였다.

GAME OVER

95 ↪ 33

'62'라고 적힌 타일 아래에는 쇠사슬이 엮인 손잡이가 있다. 카일이 녹슨 손잡이를 힘껏 잡아당기자 바닥의 일부가 삐걱대는 소리를 내며 열린다. 당신은 구멍을 들여다보았다.

"계단이 지하로 이어져 있어요."

"저 아래에 유물이 있는 것인가…? 그럼, 내려가 보도록 하지."

카일은 라이터에 불을 붙여 돌계단을 천천히 내려갔다. 당신도 그 뒤를 따른다. 계단을 내려가자 금세 문이 앞을 가로막았다. 잠겨 있는 것인지 열리지 않는다.

"안 되겠는데…."

"카일 씨. 이 문에 뭔가 적혀 있는 것 같지 않으신가요?"

라이터를 가까이 비추니 문에 적힌 문자가 드러났다.

"'최후의 만찬을 즐긴 뒤 이 방의 문을 두드릴 것'…. 무슨 뜻이야?"

"글쎄요…."

"어? 뭔가 밟은 것 같은데? 이건… 열쇠야. 하하하, 의외로 쉽게 열쇠를 발견했군, 장."

카일은 열쇠를 주워 문에 난 열쇠 구멍에 꽂으려고 했다. 하지만 아무리 찾아도 열쇠 구멍이 보이지 않는다.

"이상한데…. 이건 무슨 열쇠인 거지?"

"이 문에 비해 열쇠는 새것 같네요. 혹시 동쪽 문 열쇠가 아닐까요?"

"왜 이런 곳에? 음. 좋아, 내가 열어보고 오도록 하지."

그렇게 말한 카일은 계단을 올라갔다.

한참이 지난 뒤에 되돌아와 열쇠로 동쪽 문이 열린 사실과 거실에 있는 초대 손님을 모두 2층 방으로 돌아가라고 알린 사실을 당신에게 전했다.

【MAP 1F '화랑'에 120, '주방'에 330, '북쪽 계단'에 410이라고 기입】
【시간 경과 **2**에 '1시', 지시 번호 **2**에 8이라고 기입】
【카일의 방으로 가서 수사 상황을 확인할 것】

96 ↱ 318

"마을 북쪽에 있는 숲에 대해 아는 게 있습니까?"

"북쪽 숲에는 수브니르의 파수꾼이 나타난다는 소문이 있어요. 제가 학생이었을 때, 친구와 같이 북쪽 숲으로 담력 테스트를 하러 간 적이 있었죠. 물론 아무것도 나오지 않았지만요. 그런데 숲속에서 느닷없이 묘지를 발견했을 대는 조금 깜짝 놀랐어요…."

"묘지?"

"네. 나중에 듣게 된 건데 그 묘지는 이 저택과 연관이 있다는 소문도 있죠. 그 묘지는 떠돌이 광대의 방에 걸린 그림 속의 묘지와 쏙 닮아 있었어요."

97 ↱ 5

"당신은 있는 힘을 다해 복도를 빠져나온 뒤 살롱에 몸을 숨겼다.

'맞아, 18시 30분쯤에 나는 여기에서 홍차를 마시고 있었어….'

복도 위를 달리는 카일과 제레미의 발소리가 가까워지고 있다.

➡ 피아노를 살펴본다. → 149로
➡ 발코니로 나간다. → 251로
➡ 범행을 자백한다. → 14로

98 ↱ 83

"실은 데이비드 아저씨 윗옷에서 이런 게 나왔어요."

당신은 녹음기를 꺼내 재생 버튼을 눌렀다. 스피커에서 피아노 소리가 흘러나온다. 통-하는 소리가 들릴 때마다 크리스핀 신부는 묵주를 손에 쥐고 고개를 끄덕인다. 데이비드의 비명이 들리자 당신은 녹음기를 멈췄다. 신부는 눈을 감고 생각에 잠긴 듯하다.

"…그래서 저, 뭔가 생각나는 게 있나요?"

"이건 피아노 두 대를 치는 소리입니다."

"네, 두 대라고요?"

"통- 통-, 이렇게 무언가를 확인하려는 듯이 피아노를 친 것 같습니다. 그런데 자세히 들어보면 이건 두 대의 피아노로 동시에 같은 음을 두드린 것이 아닐까 싶은데요."

"저, 정말이다…. 피아노를 옮긴 흔적이 없으니 떨어져 있는 피아노를 혼자서 동시에 두드리는 것은 불가능해. 그렇다면…, 데이비드 아저씨는 누군가와 같이 피아노를 친 거야."

"상, 누군가와 함께라면?"

"그건 바로 범인일 거예요. 어떤 이유에선지 두 사람은 똑같이 피아노를 두드렸고 다섯 번째 소리가 울리기 직전에 데이비드 아저씨가 살해당했어요…."

【단서 **퍼**에 '두 대의 피아노', 지시 번호 **퍼**에 42라고 기입】

99 ↱ 68

"크리스핀 신부님, 조르주 씨가 살해당한 것에 대해 뭔가 짚이는 게 있습니까?"

"저는 사람을 의심하지 않습니다. 사람을 믿어야 진정으로 다가갈 수 있는 법이죠."

신부가 말을 이어갔다.

"클로드 씨는 유물에 크게 관심이 없는 것처럼 보였습니다. 무엇보다 이 저택에 오게 된 것도 어떤 그림을 보기 위해서라고 들었거든요. 어떤 그림인가 하면 프라 안젤리코의 《부활》이라는 그림이라고 알고 있습니다."

"《부활》이라…."

"네. 그 그림은 그리스도가 십자가 처형을 받고서 3일 뒤에 부활하는 장면을 그린 그림입니다. 그는 그 그림을 볼 수 있다는 사실에 매우 설레어 하는 모습이었죠. 결국 화랑에 걸려있지도 않았고 클로드 씨의 짐작이 빗나간 모양입니다."

100

떠돌이 광대의 방은 기하학적인 앵무 무늬 디자인의 벽지와 장식이 새겨진 대들보 등, 언뜻 봐도 다른 방과는 분위기가 전혀 다르다. 옛날, 저택 주인이 떠돌이 광대에게 이 방을 내어준 것이 이 방 이름의 유래가 되었다고 한다.

이 방은 위험하다는 이유로 조르주 외에는 출입이 허용되지 않았다. 당신도 이 방에 들어오는 것은 이번이 처음이다.

방에는 유희를 위한 둥근 테이블과 지구본이 올려진 콘솔 테이블이 있고 벽에는 다트판과 그림이 걸려 있다.

➡ 다트판을 조사한다. → 283으로

➡ 지구본을 조사한다. → 167로

➡ 둥근 테이블을 조사한다. → 366으로

➡ 그림을 살펴본다. → 426으로

당신은 양피지를 손에 들고 펼쳤다.

> 밤하늘에 빛나는 별자리 3개 한 쌍의 장식품
>
> Ⅳ 선글라스 멋쟁이.
> Ⅲ 앞뒤가 똑같다.
> Ⅴ 독사과를 먹은 공주의 친구들.
> Ⅵ 불을 마시려면 다리를 벌려야 해.
> Ⅱ 눈과 콧구멍이 나란히 있다.

【해답 시트 3의 양피지 칸에 101이라고 기입】
【수사를 진행하다가 해답을 발견하면 해답 시트에 기입할 것】

"장! 조금 전에 발견한 유서를 가지고 있을까? 여기에 이 찢어진 페이지, 어쩌면…."

당신은 깜짝 놀라 주머니에서 조르주의 유서를 꺼냈다.

유서 가장자리는 수첩의 찢어진 페이지에 남은 부분과 완벽히 일치했다.

"종이에 쓰인 이 문장은…!"

➡ 어떤 수수께끼가 담겨 있을 것이라고 말한다. → 6으로
➡ 유서가 아닌 시를 적은 것이라고 말한다. → 422로

"태양과 달을 겹쳐라. 그리고 사람을 세어라…. 시곗바늘이 가리킨 그림에 그려진 사람의 수는…."

당신은 다이얼을 돌렸다. 묵직한 금속음과 함께 문이 열렸다.

"됐어…."

별관 복도는 어둑어둑하지만, 방 밖의 공기를 들이마시니 개방감이 느껴진다.

대체 지금은 몇 시쯤 됐을까? 필립은 왜 살해당했고 나는 왜 그 앞에서 눈을 뜨게 된 것인가? 게다가 기억까지 잃어버리다니….

본관으로 이어진 문을 연 당신은 극심한 두통을 호소하며 정신을 잃고 그대로

그 자리에 쓰러지고 말았다. 방에서 탈출하면서 팽팽했던 긴장감이 느슨해졌고
결국 당신의 정신력은 한계치를 넘은 것이다.

그리고 마치 꿈을 꾸듯 한 기억을 되찾았다.

【기억 시트 19:30의 단락 칸에 35라고 기입】

➡ 다시 정신을 차린다. → 393으로

104 ↪ 262

당신은 두 번째 양피지를 읽었다.

1	미미가 갇힌 곳은 어디?
2	미미가 갇힌 곳에 그려져 있던 것은?
3	미미의 목걸이는 무엇으로 만든 것?
4	미미가 동화 속 세상에 오기 위해 건넌 곳은?
5	미미가 숲속을 걷다가 만난 사람은 누구?
6	미미가 받은 것은 무엇을 보는 천?

【해답 시트 2의 양피지 칸에 104라고 기입】
【수사를 진행하다가 해답을 발견하면 해답 시트에 기입할 것】

105 ↪ 242

"쌍둥이⋯, 처녀⋯, 염소⋯, 물병⋯."

당신은 뚜껑에 새겨진 별자리 버튼을 하나씩 눌렀다. 마지막 하나를 남겨두었
을 때, 등 뒤에서 갑자기 카일이 나지막이 속삭였다.

"움직이지 마."

"⋯뭐라고요?"

"장⋯, 그대로 있으라고. 누군가 문 뒤에서 이쪽을 보고 있어⋯!"

➡ 그대로 움직이지 않는다. → 63으로

➡ 뒤돌아본다. → 258로

거실로 갈 생각에 현관 홀 서쪽 문의 손잡이에 손을 댄 순간, 누군가 현관문을 두드렸다.

로넷이 잽싸게 나와 문을 열었다. 문 반대편에는 아름다운 금발을 자랑하는 장신의 여성이 서 있다.

"미레유 씨, 와 주셔서 고마워요. 어서 들어오세요."

"로넷 씨, 한 가지 부탁이 있어요…."

"무슨 부탁이요?"

"오는 길에 비에 젖어버려서 바로 목욕을 하고 머리를 감고 싶은데요…."

"어머, 세상에. 걱정말고 편히 쓰세요. 그래도 짐이 있으니 일단 2층 방으로 안내해 드릴게요."

미레유는 로넷이 안내하는 대로 2층으로 올라갔다.

'예쁘기는 하지만 조금 특이한 사람이군….'

응접실 모퉁이를 돌아 당신 방 앞으로 난 복도를 걷고 있을 때 서쪽 문에서 이자벨과 카일이 나왔다.

"정원에 있는 꽃을 보고 있었습니까?"

"네, 지금 딱 만개할 시기이니까요."

"나도 보긴 했습니다. 조금 더 느긋하게 감상하고 싶었는데 갑자기 빗방울이 굵어지는 바람에."

"아쉽게 되었네요."

【기억 시트 16:00의 메모 칸에 '필립, 미레유 도착/이자벨, 카일 정원'이라고 기입】

"제레미 씨! 잠시만 나와줄 수 있나요?"

"당신들 말이야, 나를 죽일 생각이지? 이자벨의 조무래기들! 나는 못 속인다고!"

"으음…. 씨도 먹히지 않겠는걸."

"그런데 제레미 씨는 왜 이자벨 선생님을 의심하는 걸까요…?"

108 ↪ 38

당신은 펜던트에 들어 있던 캡슐을 폴라에게 내밀었다.

"이 캡슐은 폴라 수녀님의 것인가요?"

폴라는 눈을 깜빡이며 장의 손바닥을 들여다보았다.

"아니요…. 제 것이 아니에요. 무슨 약인가요? 저는 건강이 최고의 자랑거리이기 때문에 필립 선생님에게 진찰조차 받아본 적이 없는걸요."

"실례하지만 증명할 수 있습니까?"

"카일 씨. 저를 의심하고 있군요. 증명은 할 수 없지만, 필립 씨의 차트나 일지를 보면 알 수 있지 않을까요? 제 차트는 찾을 수 없을 거예요."

106
107
108
109
110

109 ↪ 248

"살롱 문이 잠겨있는 모양이던데요?"

"살롱은 평소에 잠가두고 손님이 오거나 조르주 씨나 필립이 피아노를 칠 때만 열거든. 나는 음악이든 독서든 그렇게 즐기는 편이 아니라 거의 가지 않아. 그런데 그 문을 열려면 요령이 필요한 것 같더군. 문손잡이에 장치가 있어서 말이야."

"문손잡이?"

당신은 손잡이에 대해서 알고 있는 정보를 자세히 듣고 그것을 메모했다.

"…꼭 기계 저택 같지 않아? 그것 말고도 이 저택에는 위험한 함정이 많다는 소문이 있지."

➡ 살롱의 문손잡이를 보러 간다. → 269로

110

당신은 데이비드의 방 앞에 왔다.

➡ 시간 경과 **2**가 있는 경우 → 110 + 지시 번호 **2**

➡ 시간 경과 **3**이 있는 경우 → 110 + 지시 번호 **3**

➡ 시간 경과 **4**가 있는 경우 → 110 + 지시 번호 **4**

등 뒤에서 클로드와 미레유가 쫓아온다.

당신이 현관 홀에 마자 정면의 서쪽 문이 열리더니 카일이 모습을 드러냈다.

"장. 이제 끝이야!"

뒤쪽 문에서도 클로드와 미레유가 들어왔다. 협공이다.

➡ 밖으로 도망친다. → 24로

➡ 클로드에게 달려든다. → 314로

당신은 재떨이를 손에 들고 꽁초를 세었다. 꽁초는 7개, 브랜드는 4종류였다.

"데이비드 아저씨가 살해당한 전후로 담배꽁초는 변함이 없어요."

"흠. 그것이 무슨 관련이 있다는 거지?"

"만약 범인이 흡연자로 속이고 위장 작전을 펼치는 거라면 녹음기뿐만 아니라 이 재떨이에도 담배를 남겨 두었을 거예요. 그런데 범인은 담배꽁초를 여기에 남겨두지 않고 가지고 사라졌죠. 증거를 남기지 않으려고 조심한 모양인데 설마 녹음되고 있을 거라고는 생각하지 못한 것 같아요."

"오오, 장. 탐정이 다 되었구먼!"

"그런데 담배를 피우는 사람은 누구인가요? 저도 흡연은 합니다만…."

당신은 데이비드 아저씨도 종종 담배를 피웠다는 것을 떠올렸다.

담배를 피우던 데이비드를 상상하자 낮에 있었던 일이 생각났다.

【용의자 리스트의 범인 조건 3에 '데이비드 살해/흡연자'라고 기입. 데이비드는 살해되었으므로 범인 조건 3의 데이비드 칸에 사선을 그을 것】

【기억 시트 14:30의 단락 칸에 45라고 기입】

113

천칭에는 아무것도 올려져 있지 않다.

➡ 왼쪽 가면을 천칭에 올린다. → 331로

➡ 오른쪽 가면을 천칭에 올린다. → 169로

➡ 양쪽을 동시에 천칭에 올린다. → 86으로

➡ 처음부터 다시 한다. → 8로

114 ↩ 244

장식품을 뒤집어 뒷면을 살펴봤지만, 아무것도 발견할 수 없었다.

➡ 단서 **모**가 있는 경우 → 114 + 지시 번호 **모**

115

21:30

거실에 필립의 모습은 보이지 않았다.

"로넷 씨, 필립은요?"

"조르주 씨의 방으로 간 것 같아요…"

거실을 뛰쳐나가 조르주의 방으로 향한다. 문을 열자 책상 앞에 있던 필립이 깜짝 놀라 뒤돌아봤다.

"무슨 일이야? 무서운 표정을 다 짓고."

당신은 펜던트를 필립에게 내밀었다.

"이거 필립의 것이지?"

필립은 깜짝 놀라 목을 매만졌다.

"체인이 망가졌어. 분명 할아버지가 범인에게서 낚아챈 거야. 그게 아니라면 금속 알레르기를 앓고 있는 할아버지가 이런 걸 갖고 있을 리 없잖아."

"그게 어째서 내 것이라는 거지?"

당신은 이자벨의 가방에 들어 있던 사진을 들이밀었다.

"왜 조르주 할아버지를 죽인 거야!"

필립은 당신의 손에서 사진을 빼앗아 엉망으로 구긴 후 쓰레기통에 처박았다.

"…조르주는 방법이 틀렸다고. 그 천을 발견한 뒤로 조르주는 미쳤어. 후후후"

"천? 무슨 말을 하는 거야! 밖에는 지금 비바람이 불고 있다고. 도망칠 수 있을 거라 생각해?"

"하루 이틀쯤 이 저택 안에서 숨어 있는 것은 식은 죽 먹기지. 저택에는 숨겨진 장소가 차고 넘치니까 말이야!"

필립은 갑자기 당신을 밀치고 달아났다. 당신은 곧장 뒤를 쫓았지만, 서쪽 문을 빠져나간 뒤로 그를 놓치고 말았다.

"제길! 어디로…. 그러고 보니 괘종시계의 방에 함정이 있다고 할아버지가 말했었지. 그 방에 숨겨진 장소가 있을지도 몰라!"

당신은 별관에 있는 괘종시계의 방으로 향했다.

문 앞에서 서서 상태를 살핀다. 확실히 방 안에 누군가 있는 듯 기척이 느껴진다. 당신은 거세게 문을 열어젖혔다.

문 반대편에서 필립이 끔찍한 상태로 당신을 보고 있다. 배에는 칼이 꽂혀 있고 많은 피를 쏟았다.

"피···, 필립!"

당신은 잽싸게 필립의 배에 꽂힌 칼을 뽑았다. 튀어 오른 피가 당신의 셔츠에 튀었다.

【단서 초에 '범인 필립', 지시 번호 초에 50이라고 기입】
【기억 시트 21:30의 메모 칸에 '조르주는 필립이 살해'라고 기입】

---

116 ↪ 152

가정부 로넷은 의자에 앉아 테이블 위에 올려둔 깍지낀 손을 고개 숙여 바라보고 있다.

"로넷. 잠시만 실례해도 될까?"

카일이 그녀를 부르자 로넷은 깜짝 놀라 고개를 들었다.

"아···, 카일 씨와 장···."

"많이 피곤해 보이네요."

"네, 기분이 조금 좋지 않은 것뿐이에요. 괜찮아요."

그녀의 얼굴은 창백했다.

➡ 조르주와 필립에 대해서 물어본다. → 324로
➡ 단서 **아**가 있는 경우 → 116 + 지시 번호 아

---

117 ↪ 348

"이 저택에는 다양한 함정이 있는 것 같아요."

"응, 살해당한 두 사람에게 들은 적 있어. 무턱대고 유물을 찾으려는 사람을 경계하기 위한 덫도 있다고 했지···. 유물과 상관없을지 몰라도 살롱 문에도 아주 작은 함정이 있다고 들었어. 이 저택에 함께 살면서 일하는 제레미 씨라면 자세히 알고 있지 않을까···?"

118 ↪ 110

"**조**르주는 반드시 유물을 발견했을 거라고!"

데이비드는 팔짱을 낀 채 분하다는 태도로 강하게 주장했다.

"조르주도 살해당한 거라고 했지? 그 녀석이 자살할 이유가 전혀 없어! 이걸 보면 알 수 있잖아. 조르주는 분명 범인에게 협박당해서 어쩔 수 없이 유물을 발견했다는 걸 취소할 수밖에 없었던 거야!"

"그런데…, 범인이 말한 대로 발견을 취소했는데 왜 살해당한 걸까요? 그리고 만약 발견되었다면 어딘가 유물이 있을 텐데요."

"조르주는 분명 범인의 손에 넘어가지 않도록 유물을 감춘 거라고…. 아무튼 조르주의 명예를 걸고 그 녀석이 유물을 발견했다는 사실을 증명하겠다!"

➡ 단서 **머**가 있는 경우 → 118 + 지시 번호 **머**

116
117
118
119
120

119 ↪ 425

별관으로 이어지는 문에 손을 가져다 댔을 때 문득 오른쪽으로 난 작은 창을 통해 정원을 바라보았다. 누군가 정원에 있는 것 같다.

"저 사람은…, 제레미 셰프잖아. 꽃을 보고 있는 건가?"

【기억 시트 14:00의 메모 칸에 '제레미 정원'이라고 기입】

120

동쪽 문에서 북쪽 계단으로 이어지는 공간은 화랑으로 사용하며 양쪽 벽에는 그림이 걸려 있다.

➡ 서쪽 벽에 걸린 그림을 살펴본다. → 291로

➡ 동쪽 벽에 걸린 그림을 살펴본다. → 249로

➡ 단서 **더**가 있는 경우 → 120 + 지시 번호 **더**

➡ 단서 **도**가 있는 경우 → 120 + 지시 번호 **도**

121 ↪ 200

창고 가운데에는 유리로 만들어진 장식장이 놓여 있고 다양한 골동품과 예술 작품이 늘어서 있다.

장식장 중앙에는 보라색 돌이 고급스럽고 부드러운 천 위에 놓여 있다.

돌 표면에는 문자가 새겨져 있다.

PUR□LE

122 ↪ 259

"그녀가 범행을 자백한 건가?"

"이자벨 선생님은 정신을 잃고 쓰러졌습니다. 정신적으로 꽤 지쳐있었던 모양이에요. 당신은 이자벨 선생님을 의심하고 있는 것 같은데, 왜 그런거죠?

"…그녀는 수브니르의 파수꾼의 후손이라는 소문이 있다고."

"파수꾼의 후손?"

"그래. 그러니까 유물을 찾고 있는 사람들을 죽이는 거라고!"

"그런 말도 안 되는…. 수브니르의 파수꾼의 피가 흐르고 있다는 것도 그냥 소문일 뿐이잖아요?"

"진짜인지 어떤지는 그녀에게 확인하는 게 빠르겠지!"

123 ↪ 120

동쪽 벽에 미술품 보관 창고에서 가져온 그림이 걸려 있다. 애써 걸어 두었지만 아무도 보러오지 않는 모양이다.

124 ↪ 352

"제레미가 수브니르의 파수꾼이란 말을 했는데, 그게 뭔가요?"

이자벨의 얼굴에 그늘이 드리워졌다. 얼마 동안의 침묵이 이어진 후, 이자벨은 입을 열었다.

"이 마을에 전해지는 미신이야. 저주받은 것을 이 땅에 끌어들인 악마…. 그로 인해서 14세기에 이 마을이 멸망되었다는 이야기지. 그리고 어딘가에 숨겨둔 저주받은 것을 제거하려는 자는 수브니르의 파수꾼에게 살해당하게 된다는 미신. 수브니르라는 말에는 '유물'이나 '기억나게 하는 것'이라는 의미가 있어."

125 ⤴ 90

문 손잡이를 당겨보지만, 아니나 다를까 문은 열리지 않는다.
문 표면에는 갈색 돌이 박혀 있다.
돌에는 다음과 같이 적혀 있다.

BROW□

➡ 단서 **나** 가 있는 경우 → 125 + 지시 번호 **나**

☞ 다른 단락에서 수사 시트의 "단서"에 내용, "지시 번호"에 숫자를 기입하라는 지시가 나타납니다. 이러한 내용이 기입되어 있다면 지시 번호를 이용해서 다른 단락으로 갈 수 있습니다. 예를 들면, 단서 **나** 에 기입된 내용이 있는 경우, 이 단락의 숫자(125)에 지시 번호 **나** 를 더한 숫자에 해당하는 단락으로 이동할 수 있습니다.

☞ 단서를 갖고 있지 않은 경우, 이 단락 번호를 메모해 두었다가 단서를 찾으면 다시 이 단락으로 돌아올 것을 추천합니다.

126 ⤴ 309

"세 사람의 옆구리에는 똑같은 글씨로 문자가 새겨져 있다.
세 사건 모두 동일 인물의 소행이라는 말이지. 세 가지 조건에 모두 해당하는 사람은…."
"저밖에 없네요…."
"장, 지금까지 나를 속였던 건가…?"
카일은 미간을 찌푸리며 당신에게 한 걸음씩 다가섰다.
"잠깐만요! 뭔가 이상해요…. 아직 생각나지 않은 기억이 있어요. 그 기억을 떠올리면 분명 진실이…."
"또 무슨 꿍꿍이야! 클로드 씨 말처럼 너를 처음부터 구속했어야 했어…. 그렇게 했다면 데이비드 씨가 살해당할 일이 없었겠지…."
"생각 해야 해…! 조금만 더…."
"이제 연기는 관두는 게 어때, 장? 범인은… 바로 너다."
"내가…, 죽인 건가…?"

➡ 범행을 자백한다. → 14로
➡ 단서 **소** 가 있는 경우 → 126 + 지시 번호 **소**

127 ⤷ 40

책 위에 올려져 있던 낫을 치우자 자루에 묶여 있던 실이 팽팽하게 당겨졌다.

"이건…, 함정…."

그런 생각이 당신 머리를 스친 순간 책꽂이 위에 놓여 있던 해골 입에서 독화살이 발사되어 당신의 왼쪽 가슴에 정확히 꽂혔다. 금세 손발을 쓸 수 없게 되고 곧장 쓰러졌다. 당신도 이 납골당에 굴러다니는 해골이 될 운명인 것이다.

GAME OVER

128 ⤷ 120

동쪽 벽에 미술품 보관 창고에서 가져온 그림이 걸려 있다. 애써 걸어 두었지만 아무도 보러오지 않는 모양이다.

129 ⤷ 110

당신은 데이비드의 방으로 들어갔다. 하지만, 유물이나 사건에 관해 특별히 단서가 될만한 것은 없는 것 같다.

130 ⤷ 120

화랑 한쪽 구석에서 무언가 반짝하고 빛났다. 자세히 살펴보니 묵주알이 달린 십자가가 떨어져 있다. 크리스핀 신부가 잃어버렸다며 부산스레 찾던 게 아닐까 생각한다. 당신은 묵주를 주웠다.

'십자가…, 낮에도 어딘가에서 십자가를 본 것만 같은데….'

【기억 시트 13:30의 단락 칸에 165라고 기입】

131 ➦ 230

동쪽 벽에는 반 에이크의 《십자가에 못 박힌 그리스도》가 걸려 있다. 중앙에는 십자가에 매달린 그리스도가 있고 그 발밑에서 두 여인이 흐느끼고 있다.

132 ➦ 396

화랑에 걸려 있던 그림을 떼어내 제레미에게 던진다. 그림이 명중하지는 않았지만, 당신은 멈칫한 제레미를 따돌리고 화랑을 빠져나갔다.

동쪽 문을 지나치자 키가 큰 남자가 당신 앞을 막아섰다.

"크… 크리스핀 신부님."

"당신은 자신이 죄를 범한 사실을 인정합니까?"

➡ 네, 라고 대답한다. → 81로

➡ 아니오, 라고 대답한다. → 212로

133 ➦ 110

데이비드의 방은 잠겨있지 않았다.

방안에 들어서자 테이블 위에 수많은 마이크로 카세트가 널려 있는 것이 눈에 들어왔다. 데이비드는 살해되기 전, 이곳에서 카세트를 정리하고 있었던 걸까? 카세트에는 녹음한 날짜와 시간이 기록되어 있다.

카일은 데이비드의 가방 속에서도 대량의 마이크로 카세트를 발견했다.

"이렇게 많이 녹음하다니, 대단해. 하루에 몇 개나 쓰는 걸까?"

"겉으로 봐서는 꼭 담배 같네요."

"살해당하기 전에도 뭔가 녹음을 했을지도 모르겠군."

하지만 아무리 찾아봐도 녹음기 본체는 보이지 않았다. 오디오는 살롱이나 필립 방에도 있지만, 마이크로 카세트는 지원하지 않는 기종이다.

➡ 단서 **키**가 있는 경우 → 133 + 지시 번호 **키**

'3월 6일 14시'라 적힌 테이프를 재생했다.

스피커에서 데이비드의 목소리가 흘러나온다.

"조르주가 보낸 초대장이 도착했다. 마침내 유물을 발견한 모양이다. 녀석, 기어코 해내고 말았군! 앞으로 녀석과 술잔을 기울일 생각을 하니 설레는군."

데이비드의 웃음소리가 들린다.

20:30

정적을 깨는 여자의 날카로운 비명에 당신은 침대를 박차고 일어났다. 한순간에 정신이 맑아지더니 방에서 뛰어나와 비명이 들려오는 방향으로 달린다. 거실이다.

➡ **거실에 갔던 기억을 생각해낸다. → 247로**

당신은 벽에 걸려 있는 두 장의 그림을 올려보았다.

왼쪽 그림에는 수많은 사람이 그려져 있고 가운데에서는 두 남자가 입맞춤을 하고 있다.

"이건 지오토의 《유다의 입맞춤》이라는 그림이다."

"《유다의 입맞춤》… 옆에 있는 그림은요?"

"이건 밤하늘을 그린 그림이지."

【단서 가 에 '벽에 걸린 그림', 지시 번호 가 에 13이라고 기입】

☞ **수사 시트의 각 빈칸에 기입합니다. 수사 중에 '단서 가 가 있는 경우'와 같은 선택지가 나오면 지시 번호 가 를 이용해서 다른 단락으로 이동할 수 있습니다.**

동쪽 벽에 미술품 보관 창고에서 가져온 그림이 걸려 있고 클로드가 그 그림 속으로 빠져들 것처럼 보고 있다.

"오오… 아주 훌륭한 그림이야…. 훌륭해…."

클로드는 그림에 흠뻑 빠져 당신과 카일이 다가오는 것도 전혀 눈치채지 못한다. 한참 동안은 그림에 빠져 있을 것 같다.

138 ↪ 219

"**원**래는 범인 옷에 붙어 있던 것이라고 봐야 하지 않을까요? 로넷 씨가 문을 잠그기 전까지 누가 정원으로 나갔는지 수사하면 범인을 색출할 수 있을 거예요. 정원 열쇠를 갖고 있던 로넷 씨가 범인이거나 공범일 가능성이 있긴 하지만, 비가 내리는데 범인이 굳이 정원으로 나갈 이유는 없을 것 같네요."

"그런데…, 정원으로 나갔는지 어떤지를 물어보더라도 거짓말을 한다면 알 수 없지 않은가. 내가 정원에 나갔을 때는 이자벨이 있었던 건 확실하지만…."

"기억에만 의존할 수밖에… 없겠어요."

그때, 당신 발밑에서 무언가 빛났다.

【용의자 리스트의 범인 조건 1에 '필립 살해/정원에 나간 사람'이라고 기입】

➡ 발밑에서 빛나는 것이 무엇인지 확인한다. → 293으로

134
135
136
137
138
139
140

139 ↪ 214

"**범**인은 아스피린에 중독된 게 확실해요."

"아스피린 중독이라는 게 있는가?"

"아니요. 카일 씨는 들어본 적 없나요?"

"아니, 처음 들어보는군."

"…그렇군요."

140

거실 중앙에는 커다란 원형 테이블과 의자 12개가 놓여 있으며 벽을 따라서 소파와 스툴, 작은 사이드 테이블 등이 자리 잡고 있다. 정면 벽에는 가로 폭이 4m가 넘는 그림《최후의 만찬》이 걸려 있다.

거실의 동쪽으로는 주방과 연결된 문이 있으며 서쪽 벽에는 황금색 돌이 놓여 있는 난로가 있고 남쪽 벽에는 3명의 성인이 그려진 그림이 걸려 있다.

➡ 주방으로 이어진 문을 연다. → 383으로

➡ 원형 테이블을 조사한다. → 316으로

➡ 의자를 조사한다. → 280으로

➡ 시간 경과 **1**이 있는 경우 → 140 + 지시 번호 **1**

141 ↪ 320

수납장 속을 조사해 보았지만, 사냥복이 들어 있을 뿐, 특이한 물건은 들어 있지 않다. 수납장 위에는 가방이 놓여 있다. 필립이 왕진갈 때 사용하는 가방이다. 당신은 가방을 열어 보았다. 그 속에는 환자의 차트가 들어 있다.

"여러분의 차트가 들어 있어요. 크리스핀 신부님, 클로드 씨, 제레미 씨, 로넷, 미레유 씨, 카일 씨, 이자벨 선생님…. 저와 데이비드 아저씨는 이 마을의 사람이 아니니 없는 게 당연하지만, 폴라 수녀님의 차트가 보이지 않네요."

➡ **차트를 살펴본다.** → 203으로

142 ↪ 37

"이런 허접한 태엽에 낭비할 시간 따위 없어!"

당신은 문에 달린 다이얼을 아무렇게나 돌렸다.

휙 하는 소리와 함께 당신은 등에 엄청난 고통을 느꼈다. 어디에선가 발사된 화살이 당신 등 뒤에 꽂힌 것이다. 화살에는 독이 묻어 있는지 당신의 의식은 점점 희미해져 간다. 머지않아 제대로 서 있을 수 없게 된 당신은 흔들의자 옆으로 쓰러졌다.

GAME OVER

143 ↪ 152

고미술상 클로드는 벽에 걸린 《최후의 만찬》을 바라보고 있다. 그는 조르주의 의뢰에 따라 저택에 장식할 그림과 미술품을 조달한다.

➡ **이야기를 듣는다.** → 197로

144 ↪ 114

신기한 안경을 쓰고 장식품 뒤를 보자 그림이 떠오르기 시작했다.

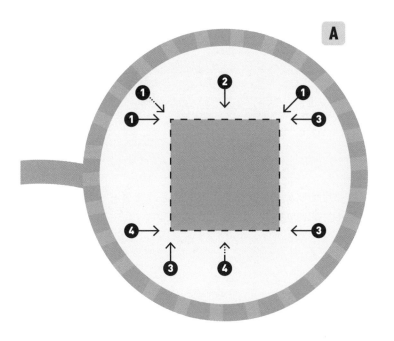

145 ↪ 270

현관 홀의 서쪽 문 앞에는 오래된 태엽 인형 시계가 놓여 있다. 괘종시계의 방에 있는 시계와는 달리 이 시계는 제대로 움직이는 것 같다. 태엽 인형은 하루에 한 번, 13시에만 움직인다.

➡ 시간을 돌려본다. → 297로

"**조**르주 씨의 시신은 응접실로 옮겼어."

"…네."

거센 바람이 격자창 유리를 흔들었다. 돌풍의 기세는 아직 잦아들지 않은 모양이다.

"장, 대체 무슨 일이 있었던 거야? 필립이 보이지 않는데…, 무슨 관련이 있는 건가?"

데이비드가 물었다.

"필립은 괘종시계의 방에… 죽어 있었어요."

"…뭐라고?"

"거짓말이야!"

이자벨이 소리쳤다. 로넷도 공포감을 느끼고 온몸을 떨기 시작했다.

"장, 꿈이라도 꾼 거 아냐?"

제레미가 떨리는 목소리로 물었다.

"꿈이 아니에요."

"…확인하러 가봅시다."

➡ 괘종시계의 방으로 간다. → 217로

당신은 바닥에 떨어져 있는 양피지를 주웠다.

"양피지…. 조르주 할아버지는 이곳까지 왔었던 거야."

일일책방	사수	수납	방수더	십장생도	사빼	을지	자백
할일없을이	복도	당일	책자	기자	이자율	복수책	할당
적십자	자라수육	견적	지자기장	빼책수	자수하기		

이 단어를 정확히 맞춰 넣어라.

13시 30분에 정원에 드리워진 별관 지붕을 옮겨 그릴 것.

【해답 시트 5의 양피지 칸에 147이라고 기입】

【수사를 진행하다가 해답을 발견하면 해답 시트에 기입할 것】

148 ↪ 133

"**장**, 테이프가 이렇게나 많은데 어떤 테이프를 들을 텐가?"

➡ '3월 6일 14시'라 적힌 테이프를 듣는다. → 134로

➡ '3월 12일 15시 30분'이라 적힌 테이프를 듣는다. → 56으로

➡ '3월 12일 23시'라 적힌 테이프를 듣는다. → 432로

146
147
148
149
150

149 ↪ 97

당신은 피아노 건반을 두드렸다. 등 뒤에 있는 살롱의 문이 열리더니 카일과 제레미가 당신을 향해 다가온다.

'이제 모두…, 끝이야. 아무것도 생각나지 않아!'

당신은 저항할 틈도 없이 체포되어 수브니르의 파수꾼으로 구속되었다. 갇혀 있는 방 안에서 당신은 잃어버린 기억을 되찾기를 포기하고 어느덧 자신이 범인이라고 생각하게 되었다.

GAME OVER

150 ↪ 50

세면대 북쪽 벽에는 밤바다를 걷는 고독한 은둔자의 그림이 걸려 있다. 그림 속의 사람은 랜턴을 들고 지팡이를 짚으며 홀로 바닷가를 걷고 있다. 밤하늘에는 북쪽에 북두칠성이 빛난다.

151 ↪ 356

조심스레 다가가 주먹 쥐고 있
는 왼손을 펼쳤다. 주먹 속에는 작
은 종이가 들어 있다. 당신은 종잇
조각을 꺼내서 펼쳤다.

152 ↪ 140

남쪽 계단이 화재로 인해 쓸 수 없게 되었고 동쪽 문도 잠겨 있는 탓에 2층에 있
던 6명(데이비드, 크리스핀, 클로드, 미레유, 제레미, 로넷)은 거실에 모여 있다.

➡ 데이비드와 이야기한다. → 257로

➡ 로넷과 이야기한다. → 116으로

➡ 크리스핀과 이야기한다. → 201로

➡ 제레미와 이야기한다. → 82로

➡ 미레유와 이야기한다. → 338로

➡ 클로드와 이야기한다. → 143으로

153 ↪ 294

당신은 살롱으로 발걸음을 옮겼다. 살롱 안은 캄캄하다. 업라이트 피아노가
놓여있는 창문에 이상한 그림자가 비치고 그 앞에 누군가 서 있다. 로넷이다. 떨
고 있는 걸까?

당신은 전등을 밝혔다. 빛이 깜빡이며 무언가를 비춘다.

로넷이 비명을 질렀다.

창문에 비친 그림자는 데이비드였다. 양옆으로 벌린 팔은 커튼레일에 달린 끈
으로 묶여있고 머리는 힘없이 앞으로 꼬꾸라졌다. 그 모습은 마치 십자가에 매
달린 예수 그리스도였다.

당신은 가까이 다가가 데이비드의 윗옷을 들쳤다. 오른쪽 옆구리에 문자가 새
겨져 있다.

"Sabachthani…. 엘리 엘리…, 레마…, 사박타니…."

➡ 모두에게 알린다. → 39로

154 ↱ 283

"카일 씨, 지금은 그런 걸 하며 놀고 있을 때가 아니라고요."

"쳇."

카일은 아쉬운 듯이 다트 핀을 하나 던졌다.

155

151
152
153
154
155

12:30

"다른 손님은요?"

"네가 처음이다. 모두 14시 이후에나 올 예정이지. 자, 이 방을 쓰도록 해라. 저녁 식사를 할 때까지 편히 쉬어도 좋단다."

조르주는 그 말을 남기고는 방 열쇠를 당신에게 건넨 뒤 그대로 서쪽 문을 열고 자신의 방으로 돌아갔다. 그의 뒷모습은 꽤 세월이 지난 듯 늙어 보였다.

짐을 내려놓고 침대 위에 엎드려 한참을 누웠다. 창밖에는 정원 너머로 조르주의 방으로 난 창문이 보인다.

조르주는 방 안에서 멍하니 정원을 바라보며 담배 연기를 내뿜었다가 문득 수첩에 무언가를 써 내려갔다.

저쪽에서는 이 방이 보이지 않는 것 같다. 무엇을 하고 있는 걸까?

머지않아 종이를 한 장 찢어 책상 위에 올려 두고는 재떨이를 그 위에 얹은 후 수첩을 가지고 방을 나섰다. 어딘가 침착하지 못한 모습이 아무래도 이상하다. 당신은 방문을 약간 열고 복도를 내다보았다.

조르주가 서쪽 문을 열어 복도 위를 걸었다. 눈치채지 못하도록 일단 문을 한번 닫았다. 발소리가 당신 방 앞을 지나갔다.

➡ 뒤를 따라갔던 기억을 생각해낸다. → 23으로

156 ↪ 373

"**로**넷 씨의 비명을 듣기 전까진 전혀 눈치채지 못했어. 그 사람도 유물을 찾고 있었던 모양이야…. 분명 조르주의 원통함을 밝힐 생각이었던 거야."

157 ↪ 286

"**화**랑은 이미 포위당했군…!"

거실로 돌아가려고 몸을 돌린 순간 카일이 주방에서 뛰어왔다.

당신은 저항할 틈도 없이 체포되어 수브니르의 파수꾼으로 구속되었다. 갇혀 있는 방 안에서 당신은 잃어버린 기억을 되찾기를 포기하고 어느덧 자신이 범인이라고 생각하게 되었다.

GAME OVER

158 ↪ 378

뒤도 돌아보지 않고 복도 위를 내달리다가 문득 정신을 차리니 지하의 숨겨진 방에 와 있다.

"막다른 곳이야…. 생각나지 않아…. 유물… 수브니르의 파수꾼… 이자벨 선생님…."

사고회로는 이미 한계에 달해 있었다. 당신은 책상에 기댄 채 꼼짝도 할 수 없었다. 납골당 쪽에서 거친 숨소리와 발소리가 다가온다. 모습을 드러낸 건 카일이었다.

"카일 씨…, 이자벨 선생님은…."

"그녀는 방금 정신을 차린 모양이더군."

➡ 범행을 자백한다. → 14로

➡ 기억을 되찾을 수 있는 계기를 모색한다. → 326으로

159 ↱ 392

'**이** 그림에… 기억을 되찾을 만한 계기가….'

당신은 《최후의 만찬》을 올려다보았다. 등 뒤에서 문이 열리는 소리가 나는 탓에 뒤를 돌아보았다. 카일과 제레미가 당신을 뒤쫓아왔다.

"기다려! 장!"

➡ 범행을 자백한다. → 14로

➡ 주방으로 도망친다. → 286으로

160 ↱ 337

"**진**짜 범인과 필립이 발표를 취소하라고 협박하자 조르주 할아버지는 또다시 누군가 유물을 발견해주길 바라며 원래 있던 장소에 돌려놓았을 거예요. 기욤 베리파스토의 뜻을 잇기 위해서요…. 그리고 할아버지라면 분명 진짜 범인에 대한 단서도 거기에 남겨 놓았을 거라 생각해요. 희생자가 4명이나 나오고 말았지만…, 유물을 발견하면 사건이 해결되겠죠. 고맙습니다, 이자벨 선생님."

당신은 이자벨의 방에서 나와 숨겨진 방으로 향했다.

➡ 숨겨진 방으로 간다. → 437로

161 ↱ 82

"**제**레미 씨, 필립에 대해서 확인할 게 있는데 최근, 필립에게 조금 이상한 점은 없었습니까?"

"아니, 별다를 건 없었는데. 아, 잠깐만. 그러고 보니…."

"생각나는 게 있나요?"

"필립은 사냥이 취미잖아. 며칠 전에 같이 숲으로 간 적이 있거든. 사슴을 잡으러 말이야. 필립은 자기가 아끼던 납 총알을 써서 사슴을 두 마리나 잡았지. 기세 등등해진 녀석은 사냥감을 쫓아 북쪽 숲 깊숙한 곳까지 들어가 버리고 말았어."

"북쪽 숲?"

"그래. 수브니르의 파수꾼이 잠들어 있다는 북쪽 숲 말이야…. 한 시간 뒤에 돌아온 필립은 새파랗게 질려 있었지. 그곳에서 무언가를 본 게 아닌가 싶은데."

【단서 **사**에 '사냥', 지시 번호 **사**에 6이라고 기입】

162 ➡ 344

당신은 주먹을 힘껏 쥐었다. 왼쪽 뺨을 향해 주먹을 날리려던 순간, 카일이 앞을 가로막고 거친 숨소리를 내뱉으며 말했다.

"클로드 씨, 계속 무례한 말을 하면 참을 수 없습니다! 장에게 사과하세요!"

"사과?"

클로드는 카일의 어깨에 손을 얹고는 타이르듯 말했다.

"분명히 말해 두지. 카일 씨, 당신은 속고 있는 거라고. 무슨 근거로 저 녀석을 믿고 있는지는 모르겠지만 머지않아 정체가 탄로 날 테니까. 그제야 배신당한 걸 알게 되면 견딜 수 없을 만큼 마음이 아플 거라고."

그렇게 말한 클로드는 문을 닫아버렸다.

"으으으으…! 참으로 무례한 사람이군!"

"카일 씨, 괜찮습니다. 이제 가요."

163 ➡ 370

소파에는 거실에서 옮겨온 조르주의 시체가 누워있고 그 위로 하얀 천이 덮여 있다. 조르주의 시체는 거실에서 발견되었지만, 그 후에 이곳으로 옮겨졌다.

천 끝을 쥐고 천천히 들추었다. 미간에 깊게 팬 주름, 거칠거칠한 턱수염. 틀림 없이 조르주 할아버지다. 입가에 약간의 와인이 묻어 있다. 마치 잠든 사람처럼 편안한 표정이다.

164 ➡ 363

한참을 방 앞에서 기다려 보아도 이자벨은 돌아오지 않는다.

당신과 카일은 혹시나 하는 마음에 저택의 화장실과 욕실을 살펴본 뒤, 다시 이자벨의 방 앞으로 돌아왔다. 그래도 이자벨은 여전히 돌아오지 않았다.

"선생님, 대체 어디에…."

165

13:30

당신은 자신의 방으로 돌아왔다.

잠이 쏟아질 것같이 나른한 오후 시간에 당신은 침대에 몸을 뉘었다. 창밖으로는 파란 하늘이 펼쳐져 있다.

별관, 열리지 않는 방 지붕은 첨탑처럼 우뚝 솟아있고 그 끝에는 십자가가 올려져 있다. 빛을 반사하여 반짝반짝 빛나는 것이 보인다.

"…저게 뭐지?"

십자가에 비쳐서 정원에 드리워진 그늘이 기하학적인 모양을 빚어낸다(다음 페이지 참고).

당신은 담배 연기를 내뿜으며 멍하니 바라보았다. 창 너머로 조르주의 방을 살펴보았지만, 방에 없는 듯하다.

'아무래도 할아버지가 조금 이상한 것 같아…'

엄격하고 그다지 웃지 않는 싱격이지만 지금까지 그토록 깊은 시름에 빠져있는 모습을 본 적은 없었다.

'걱정인데…'

【기억 시트 13:30의 메모 칸에 '정원의 그림자'라고 기입】

A

166 ↪ 125

당신은 책 사이에 끼어 있는 열쇠를 손잡이 열쇠 구멍에 꽂았다. 하지만, 열쇠는 맞지 않는다. 문은 낡았으나 주운 열쇠는 작고 새로운 것이다.

167 ↪ 100

직경 40cm 정도 크기의 특별할 것 없는 지구본이다.

➡ 지구본을 돌린다. → 29로
➡ 지구본으로 프랑스를 찾는다. → 321로

166
167
168
169
170

168 ↪ 422

"찬란했던 꿈을 잃고 그리던 사람도 모두 떠나고 사랑스러운 어린 양은 저울질하지 않으며 이제 안식을 청하고 헤어짐을 아쉬워하지 않는다···. 유서가 아니라고 하더라도 이런 시를 쓰다니 무슨 일이 있었던 걸까? 의미는 어렴풋이 알 것 같은데 '사랑스러운 어린 양'이라는 게 뭘까···?"

169

오른쪽 가면이 천칭 위에 올려져 있다.

➡ 왼쪽 가면을 천칭에 올린다. → 86으로
➡ 오른쪽 가면을 천칭에서 내린다. → 403으로
➡ 처음부터 다시 한다. → 8로

170

당신은 클로드의 방 앞에 왔다.

➡ 시간 경과 **2**가 있는 경우 → 170 + 지시 번호 **2**
➡ 시간 경과 **3**이 있는 경우 → 170 + 지시 번호 **3**
➡ 시간 경과 **4**가 있는 경우 → 170 + 지시 번호 **4**

171 ⮒ 38

"폴라 수녀님, 조르주 씨도 누군가에게 살해당했다는 것을 알아냈습니다."

폴라는 놀란 토끼 눈을 하고 입에 손을 가져다 댔다. 너무 놀란 나머지 할 말을 잊은 듯하다가 얼마 뒤, 침착한 목소리로 말했다.

"…왜 아무런 잘못도 없는 분들이 죽어야만 하는 걸까요? 악랄한 수브니르의 파수꾼이 숨어들어 그림자 뒤에서 우리를 비웃고 있는 것 같아요…. 무서워요!"

172 ⮒ 366

주사위를 하나 주워들고 굴리자 둥근 테이블에서 떨어지더니 바닥에서 구르고 있다. 저택이 경사진 것도 아닐 텐데 주사위는 멈출 기미가 보이지 않는다.

당신과 카일은 서로의 얼굴을 쳐다보고는 주사위를 따라갔다. 주사위는 끊임없이 데굴데굴 구르다가 남쪽 벽 앞에서 갑자기 멈췄다. 아무리 봐도 부자연스럽다. 마치 '여기야' 하며 무언가를 알려주려는 것 같다.

➡ 벽을 조사한다. → 242로
➡ 다시 한번 주사위를 굴린다. → 357로

173 ⮒ 226

메모를 따라 조각을 맞추자 철컥하는 소리와 함께 펜던트 뚜껑이 열렸다. 펜던트 안에는 캡슐이 2개 들어있다.

당신은 그것을 보고 펜던트를 어디서 찾았는지를 떠올린 후 카일에게 말했다.

"생각났어…. 카일 씨! 이 펜던트는 범인을 찾을 수 있는 단서예요! 이 안에 있는 캡슐이 무엇인지는 알 수 없지만요…."

【단서 **머** 에 '캡슐', 지시 번호 **머** 에 70이라고 기입】
【기억 시트 21:00의 단락 칸에 215라고 기입】

174 ⮒ 329

"**로**넷 씨는 흡연하십니까?"

"아니요, 저는 담배를 아주 싫어해요. 모두 담배를 지나치게 많이 피운다고요."

175

15:30

응접실에서 한참을 기다리니 이자벨이 다가왔다.

"오래 기다렸지? 조르주 씨에게 인사를 좀 하느라 늦어졌네."

당신은 10년 만에 만난 이자벨과 이사한 후에 있었던 일에 대해 이야기했다. 불안함을 떨치고 이사한 도시에 금방 적응한 이야기. 때때로 이 마을을 그리워했다는 이야기 등. 기쁜 듯이 말하는 당신과는 반대로 이자벨의 표정은 어딘가 모르게 밝지 않았다.

대화는 자연스럽게 조르주 할아버지에 대한 이야기로 이어졌다.

"할아버지의 모습이 조금 이상한 것 같았어요. 할아버지는 무엇을 발견한 건가요?"

"그건… 나도 잘 몰라. 발견했을 때는 나도 그곳에 없었으니까."

이자벨은 그렇게 말하며 담배에 불을 붙였다.

"…선생님, 담배는 건강에 해롭다며 끊은 게 아니었나요?"

"그런 건 이제 신경 쓰지 않기로 했어."

이자벨은 후하고 연기를 내뱉은 뒤 재떨이에 담배를 비벼 불을 껐다.

"…그럼 나는 정원에 가서 꽃이라도 보고 올까 해. 로넷 씨가 정원에 핀 천리향이 아주 멋지게 피었다고 자랑해서 말이야. 조금이라도 더 예쁜 것을 많이 봐두고 싶어."

당신과 이자벨은 응접실을 나섰다. 이자벨은 서쪽 문을 빠져나가 정원으로 향했다. 데이비드가 남쪽 계단을 내려오며 그녀와 스쳐 지났다.

데이비드의 손에는 녹음기가 들려 있다. 저택 내부의 모습을 보이는 대로 녹음하고 있는 듯했다. 이내 만족스러운 표정으로 정지 버튼을 누르고 안 주머니에 넣은 뒤 서쪽 문으로 사라졌다.

현관 홀에서 소리가 들린다. 누군가 도착한 모양이다.

문을 열고 현관 홀로 나가자 필립이 사냥터에서 돌아온 참이었다. 바깥에는 추적추적 비가 내리기 시작했다. 필립은 현관 홀에 있는 신발장 아래에 총알과 사냥 도구를 두었다.

"장! 벌써 와 있었구나!"

【단서 처에 '안 주머니', 지시 번호 처에 26이라고 기입】
【기억 시트 15:30의 메모 칸에 '이자벨 흡연'이라고 기입】

"**아**니야! 그때, 괘종시계의 방에는 한 사람이 더 있었어! 나는 절대로 범인이 아냐! 여기서 붙잡힐 수는 없다고!"

당신은 카일을 뿌리치고 방을 빠져나와 힘껏 내달렸다.

"기…, 기다려! 누군가 여기로 와봐!"

"파티가 시작되기 전… 19시에 본 것…. 그것을 떠올리기 전까지 어떻게 해서든 도망쳐야 해…!"

➡ **거실로 간다 → 392로**

"**당**신은 저보다도 먼저 살롱에 있었죠? 그때는 왜 살롱에 있었던 건가요?"

"…물방울이 떨어지는 소리가 나서 잠에서 깼어요. 엄청 무서웠지만, 몸을 일으켜서 살롱에 가봤는데 창문에…, 무서워요…!"

로넷의 몸이 심하게 떨리기 시작했다.

카일이 문을 두드려 보았지만, 아무런 대답도 돌아오지 않는다. 카일은 이상하다는 듯 고개를 갸웃거리며 다시 한번 문을 두드렸다. 아무런 반응이 없다.

➡ **신경 쓰지 않고 계속 노크한다. → 344로**

➡ **단서 🄳가 있는 경우 → 178 + 지시 번호 🄳**

당신은 터질 듯한 심장 고동을 느끼며 눈을 떴다. 귀 바로 뒤에 심장이 붙어있는 것 같다. 호흡을 가라앉히려 애써보지만, 마음먹은 대로 되지 않는다. 기억해낸 22시의 광경이 머릿속을 떠나지 않는다.

"꿈인가…? 아니야…, 현실에서 일어난 일이야."

미지근한 칼자루. 미끈한 피의 감촉. 생생한 그 느낌을 몸이 기억하고 있다.

"내가 필립을…?"

그 순간, 당신은 수상한 낌새를 감지했다. 가만히 귀를 기울여 들어보니 돌풍 소리에 뒤섞여 희미한 소리가 들려온다.

➡ **방을 나선다. → 75로**

---

180 ↪ 317

당신은 조르주에게 받은 양피지로 시선을 돌렸다. 수수께끼의 문장이 적혀있다.

176
177
178
179
180
181

형형색색의 돌을 찾아서 잃어버린 문자를 적으라.
1 거실에서 빛나는 돌
2 문에 박힌 돌
3 정원에서 잃어버린 돌
4 바닥에 박힌 돌
5 장식장에 놓여 있는 돌
6 괘종시계 속의 돌

"무슨 수수께끼인지 의문투성이네요."

당신은 양피지를 조르주에게 돌려주었다. 조르주는 양피지를 받아 들고는 다시 한 번 창밖을 바라보며 침묵을 이어갔다. 그 이상 어떤 말을 하더라도 조르주는 건성으로 들을 뿐, 당신은 하릴없이 괘종시계의 방을 나왔다.

【해답 시트 1의 양피지 칸에 180이라고 기입】
【수사를 진행하다가 해답을 발견하면 해답 시트에 기입할 것】

☞ 저택이나 기억을 더듬어 가다가 해답 시트의 빈칸을 채워 두면 그것이 추후에 수 수께끼를 풀 수 있는 힌트가 됩니다. 모든 칸을 채우더라도 그 정보를 금방 사용 하지 못할 가능성도 있습니다.

---

181 ↪ 178

문이 빼꼼히 열리더니 클로드가 얼굴을 내밀었다.

"아…, 클로드 씨 저기…."

"흥! 살인자가 하는 말은 듣고 싶지 않아! 그게 아니면 나도 죽일 셈인가?"

클로드는 그렇게 말하고는 거세게 문을 닫았다.

"화랑에 새 그림을 걸면 보러 와 줄 거라 생각했는데…. 다른 그림이 더 나았 으려나."

"**두** 시체 옆에 있던 그림에 대해 알려주실 수 있을까요?"

"흠…, 좋아. 우선 첫 번째는 《최후의 만찬》이다. 그리스도가 '너희 중 하나가 나를 팔리라. 내가 떡 한 조각을 적셔다 주는 자가 그니라.'라고 발언할 때의 장면이지."

"그리스도는 배반자를 알고 있었던 건가요?"

"그렇다. 떡을 와인에 적셔 배반자인 유다에게 주었지. 그리고 그리스도는 유다에게 '네가 하는 일을 속히 하라'라고 말했다."

"…하는 일을 속히 하라…?"

"그다음은 《유다의 입맞춤》이군. 최후의 만찬 후에 올리브 산에 모인 그리스도와 사도들 곁으로 배반자인 유다가 병사를 이끌고 왔지. 허나 병사들은 그리스도의 얼굴을 몰랐을 테니 유다가 '이 사람이 그리스도입니다'라는 신호로 그리스도에게 입맞춤을 한 것이다."

"병사들은 그리스도의 얼굴을 몰랐나요?"

"그렇다. 그 후로 그리스도는 체포되어 십자가 형벌에 처해 목숨을 다하게 되지."

"그래서요?"

"3일 후에 부활해서 그 기적으로 인해서 사람들의 마음을 사로잡은 거라네. 조르주 씨 옆에 떨어져 있던 와인에 적신 떡. 그리고 붉게 물든 필립의 입술. 이 모든 게 시체 근처에 있던 그림을 빗댄 모양이로군."

종교화에 관한 책이 많아 어떤 것을 고르면 좋을지 알 수가 없다. 당신은 적당한 책을 손에 들고 팔랑팔랑 페이지를 넘겨보았지만, 딱히 단서를 발견하지 못한 채 책을 책꽂이에 꽂았다.

➡ 단서 **가**가 있는 경우 → 183 + 지시 번호 **가**

184 ⮡ 338

미레유는 창밖을 응시하며 중얼거렸다.

"여기서 비바람이 그칠 때까지 이렇게 기다려야만 하는 건가…. 시간이 아깝군…."

빗방울이 격자창을 세차게 두드리고 창문 유리에는 실내가 비춰 보인다. 당신은 이 광경을 이전에도 본 것 같은 기분이 들었다.

"거실 창…. 비가 오고 있어…."

【기억 시트 17:00의 단락 칸에 65라고 기입】

185 ⮡ 345

"이중 동그라미 아래…? 이게 무슨…."

"장, 여길 좀 보라고! 벽에 이중 동그라미 낙서가 있는데!"

카일은 서쪽 벽 구석에 그려진 낙서를 가리켰다. 그 아래에는 피리 끝이 겨우 들어갈 정도의 구멍이 뚫려 있다.

당신은 그 구멍에 해골 피리를 집어넣고 선율을 연주했다.

그러자 당신 발아래에서 묵직한 것이 움직이는 소리가 전해졌다.

"지하잖아…! 숨겨진 방으로 통하는 길이 열린 거라고!"

➡ **숨겨진 방으로 간다. → 254로**

186 ⮡ 178

문이 빼꼼히 열리더니 클로드가 얼굴을 내밀었다.

"아…, 클로드 씨 저기…."

"흥! 살인자가 하는 말은 듣고 싶지 않아. 그게 아니면 나도 죽일 셈인가?"

클로드는 그렇게 말하고는 거세게 문을 닫았다.

"화랑에 새 그림을 걸면 보러 와 줄 거라 생각했는데…. 다른 그림이 더 나았으려나."

187 ↪ 387

당신은 양피지에 적힌 알쏭달쏭한 문장을 읽었다.

1	길이 이어지지 않으며 저택이 아닌 곳
2	해골 아래에 놓인 책
3	태엽 인형 시계에 나타나는 인어가 앉아있는 곳
4	빨간 책 표지에 그려진 그림
5	일기장 표지에 적혀있는 글
6	화랑에 있는 그림 속 하얀 꽃의 이름

【해답 시트 4의 양피지 칸에 187이라고 기입】
【수사를 진행하다가 해답을 발견하면 해답 시트에 기입할 것】

188 ↪ 118

"이 캡슐은 데이비드 아저씨의 것인가요?"

당신은 펜던트에 들어있던 캡슐을 데이비드에게 내밀었다.

"응? 내 것이 아닌 것 같은데…. 그나저나 이 캡슐과 비슷하게 생긴 약을 갖고 있긴 하다만."

데이비드는 가방 안에서 케이스를 꺼낸 뒤 속에 든 캡슐을 하나 집어 들었다.

"음, 역시 이 캡슐과 비슷하군."

"정말이네요! 캡슐의 색상 조합을 보나, 겉에 프린트된 영숫자를 보나 완벽히 똑같아요. 이건 무슨 약입니까?"

"그건 아스피린, 두통약이지. 그 종류는 의사의 처방이 필요하고 상비약으로는 팔지 않을 텐데."

➡ 단서 **버**가 있는 경우 → 188 + 지시 번호 **버**

189 ↪ 170

"자네들 별관에 숨겨진 지하에 발을 들여놓은 모양이로군. 어떤가? 훌륭한 미술품이라도 있던가?"

"아니요…. 저는 예술에 대해서는 잘 모르니까요…. 그냥 지하 납골당에 책이 있었어요."

당신은 납골당 책꽂이에 있던 책에 대해서 클로드에게 말했다.

"흠⋯. 그건 모두 기독교 이단파에 대한 서적이군."

"이단파 말인가요?"

클로드는 담배에 불을 붙이고 연기를 내뿜었다.

"음. 그렇다는 건 기욤 베리파스토가 기독교 이단파의 인물이었다는 말이 되는 건가⋯."

➡ 단서 **ㅋ**가 있는 경우 → 189 + 지시 번호 **ㅋ**

190

정원을 빠져나가 대장간으로 들어섰다. 밖에 나가 있던 시간은 얼마 되지 않지만, 흠뻑 젖어버리고 말았다. 차가운 물방울이 머리칼을 타고 흘러내린다.

대장간에는 두 개의 가마가 놓여 있고 벽에는 다양한 크기의 부젓가락과 쇠망치가 걸려 있다.

➡ 오른쪽 가마를 조사한다. → 92로

➡ 왼쪽 가마를 조사한다. → 407로

191 ➡ 217

"카일 씨, 고맙습니다⋯."

당신은 카일에게 감사 인사를 했다. 그러자 카일은 갑자기 후우, 하며 긴 한숨을 내뱉었다.

"⋯무슨 일인가요?"

"아⋯ 아니야, 실례를 좀. 긴장돼서 말이지. 사람들을 진지하게 설득해야 한다고 생각하니 숨을 못 쉬겠더군."

그렇게 말하며 몸에 힘을 빼는 모습을 보니 조금 전의 당당한 사설탐정 카일의 모습은 온데간데없었다.

"카일 씨는 사설탐정이죠?"

"그래. 하지만, 살인 사건은 나도 처음이야."

"처음?"

"응. 지금까지는 외도 조사라던가 집 나간 강아지 찾기 같은 것들뿐이었거든. 말했었잖아? 뭐, 크게 신경 쓸 건 없어."

당신은 조금 불안해졌다.

"기억을 잃어버렸다는 건 사실인 건가?"

"네. … 아무것도 기억나지 않아요."

"흠. 아무튼 상황을 정리해 보자고. 우선 두 사람이 사망한 데는 뭔가 연결고리가 있을지도 모르겠군. 두 사람 모두 유물을 조사했었으니까 말이야. 그리고 네가 기억을 잃어버렸으니 하는 말인데, 동쪽 문은 잠겨 있으니 2층으로는 갈 수 없어. 남쪽 계단이 작은 화재로 무너지고 말았거든. 2층에 방이 있는 손님들은 거실에 모여 있지. 동쪽 문 열쇠는 조르주 씨가 가지고 있었던 모양인데 아직 발견하지 못했어. 그럼 이제 수사를 시작해 볼까? 장, 잘해보자고."

【MAP 1F '거실'에 140, '장의 방'에 220, '카일의 방'에 290, '폴라의 방'에 30, '응접실'에 370, '이자벨의 방'에 340, '세면대'에 50, '현관 홀'에 270, '남쪽 계단'에 430, '조르주의 방'에 390, '연구 자료실'에 250이라고 기입】

【시간 경과 ❶에 '24시', 지시 번호 ❶에 12라고 기입】
☞ 시간 경과도 단서와 마찬가지로 수사 시트에 기입하고 지시 번호를 이용해서 다른 단락으로 갈 수 있습니다.

【카일의 방으로 가서 수사 상황을 확인할 것】
☞ 시간 경과를 기입한 후에는 시간이 흐릅니다. 시간 경과를 기입할 때마다 '카일의 방'으로 가서 수사 상황을 확인하세요.

192 ↪ 357

카일의 말을 무시하고 주사위를 주웠다.

"어떤 일이 일어나든 나와는 상관없다고!"

당신은 주사위를 손바닥 위에서 굴리다가 던졌다. 주사위는 데굴데굴 구르다가 이번에도 남쪽 벽 앞에서 멈췄다.

아무런 일도 일어나지 않는다.

"…후우. 어쩌라는 건지. 주사위를 굴리기만 했는데도 피곤하군 그래. 고집불통이구먼!"

193 ↪ 170

노크하자 클로드가 담배를 입에 문 채 문을 열었다.

"카일에게 들었는데 보관 창고의 열쇠를 열어서 그 그림을 화랑에 건 것이 자네인가?"

"그렇습니다."

"후후후…. 조르주 씨의 손자라 그런지 보는 안목이 꽤 훌륭하군. 솔직히 말해서 아직 자네를 믿는 것은 아니지만, 이야기 정도라면 들어주도록 하지."

➡ 유물 조사에 대해서 물어본다. → 311로

➡ 이 저택에 있는 미술품에 대해서 물어본다. → 413으로

➡ 《부활》 그림에 대해서 물어본다. → 43으로

192
193
194
195

194 ↪ 257

"조르주가 유물을 찾고 있다는 건 물론 알고 있었지. 최근 몇 해 동안은 유물 조사에 모든 걸 바쳤던 모양이야. 아까 다른 이들에게 들었는데 젊었을 때부터 아끼던 그 갈색 가죽 가방에 중요한 자료를 채워 넣고서는 이 마을을 분주하게 누비고 다닌 것 같다. 그 가방은 전쟁에서 살아 돌아온 녀석에게 내가 기념으로 선물해준 것이지. 그 녀석은 보기 드물게 웃으면서 '드디어 이제 연구를 계속할 수 있겠어' 하며 말했지…. 이보게, 장. 그 녀석이 거짓말을 하다니, 그것도 명예를 걸고 임했던 연구를 상대로 거짓말을 하다니 믿을 수가 없다네. 나는 반드시 그 녀석의 오명을 씻어 줄 생각일세!"

【단서 라에 '갈색 가죽 가방', 지시 번호 라에 12라고 기입】

195 ↪ 178

손잡이에 손을 올리자 아무런 저항도 없이 문이 스르륵 열렸다. 클로드는 없다. 아무래도 화랑에 추가로 걸린 그림을 보러 간 모양이다.

내부에는 테이블과 1인용 소파 하나, 그리고 수납장과 침대가 놓여 있을 뿐, 꾸미지 않은 차분한 방이다. 수납장 위에는 꽃병이 있는데 꽃은 꽂혀있지 않다.

➡ 단서 너가 있는 경우 → 195 + 지시 번호 너

➡ 단서 러가 있는 경우 → 195 + 지시 번호 러

"**맞**아. 그 벽에 걸려 있던 그림은 《유다의 입맞춤》이라는 그림이라고 했어."

당신은 책꽂이에서 《유다의 입맞춤》에 대해서 적혀 있는 책을 꺼내 그림의 설명을 읽기로 했다.

"그리스도에게 입맞춤하는 사도 유다라. 그 그림의 가운데에 있던 두 사람이 그리스도와 유다였구나. 어디 보자…. '유다는 병사에게 은화 30냥을 받고 그리스도를 배반하였고 그리스도와 다른 사도가 모인 장소에 병사를 이끌고 나타났다. 병사들은 그리스도의 얼굴을 몰랐기 때문에 유다가 그리스도에게 입맞춤하여 누가 그리스도인지 알 수 있도록 신호를 보낸 것이다. 《유다의 입맞춤》은 그때의 모습을 그린 것이다….'"

책장을 넘기자 책 사이에서 무언가가 바닥으로 떨어졌다. 작은 열쇠였다. 당신은 열쇠를 주웠다.

"이 열쇠는…?"

【단서 **나**에 '열쇠', 지시 번호 **나**에 41이라고 기입】

"**클**로드 씨, 잠시 이야기를 나눌 수 있을까요? 필립 씨의 살해 사건에 대해 뭔가 짐작 가는 것이 있습니까?

카일이 묻자 클로드는 아무런 대꾸도 없이 주머니에서 담배를 꺼내 라이터로 불을 붙였다. 클로드는 후-하고 담배 연기를 내뿜고는 당신과 카일을 매서운 눈초리로 쳐다봤다.

"짐작이고 뭐고 저 녀석이 범인이잖아. 카일, 당신도 탐정이라면 빨리 체포하지 않고 뭐 하고 있는 거야. 나는 말이야 언제 살해당할지 걱정돼서 제정신이 아니라고."

"클로드 씨. 장은 구타로 인해서 기억을 잃은 것뿐이에요. 그는 피해자라고요."

"분명히 말해 두지. 기억을 잃어버렸다니, 그런 연기가 통할 거라 생각하는 건가? 정말 뻔뻔하기 짝이 없는 자로군."

"수사에 협조해주실 수 없습니까?"

"그러니까 빨리 이 녀석에게 수갑을 채우란 말이야."

➡ 초대받은 이유를 물어본다. → 288로

➡ 《최후의 만찬》과 《유다의 입맞춤》에 대해서 물어본다. → 182로

198 ↩ 116

"**실**은 이런 게 필립의 시체에 붙어 있었습니다."

"…이건, 천리향 꽃잎이 아닌가요? 이 저택의 정원에 피어 있어요."

"정원으로 나가는 문은 잠겨 있지요?"

"네. 비가 내리기 시작하면 곧장 문을 잠그라고 조르주 씨가 일러두었기 때문에…. 문틈이 잘 맞지 않아서 비바람이 강해질 때 문을 잠가두지 않으면 저절로 열려서 비가 들이치거든요."

"그럼 오늘도 저녁 무렵 비가 내리기 시작했을 때 문을 잠갔나요?"

"네. 열쇠는 제가 가지고 있고 스페어 키는 없어요."

"그렇군요. 문을 잠근 시간을 기억하십니까?"

"정확히 기억나진 않지만… 저녁 무렵…."

"그렇군요. 정원 열쇠를 빌릴 수 있을까요?"

로넷은 주머니에서 열쇠를 꺼내 당신에게 건네주었다.

"정원으로 나가는 문 앞에 랜턴이 있으니 그걸 쓰세요. 대장간 열쇠는 최근에 조르주 씨가 잃어버렸어요…. 뭐, 평소에는 거의 사용하지 않으니까 불편하지는 않지만요."

"알겠습니다. 아, 그리고 마지막으로. 이 마을에서 여기 말고 천리향이 피어 있는 곳이 있을까요?"

"…아니요. 없을 거예요."

【MAP 1F '정원'에 70이라고 기입】

199 ↩ 385

현관 홀로 나가자 로넷이 도착한 여성을 맞이하고 있었다. 당신은 그 여성이 낯설지 않았다.

"…이자벨 선생님…, 아닌가요?"

"장?"

이자벨은 당신의 초등학교 시절 담임 선생님이었다.

"그럼 할아버지의 조사를 도와주신 분이…!"

"그래, 나야. 몰랐던 모양이네. 그건 그렇고 키가 훌쩍 자랐구나."

"그야, 10년이나 지났으니까요."

"10년…. 그렇구나, 그 이후로 10년. 나는 나이가 많이 들었지…?"

이자벨은 아직 30세이지만 그 시절의 풋풋하고 밝은 인상은 조금도 남아있지 않았다. 눈 밑에 점이 없었다면 그녀를 몰라봤을지도 모른다.

"먼저 짐을 방에 두고 올게. 이따가 또 이야기하자, 장."

"그럼 저는 응접실에 가 있을 테니 그곳으로 오세요. 추억 이야기를 많이 나눌 수 있겠어요."

이자벨은 당신에게 미소지어 보이고는 로넷과 객실로 향했다.

두 사람이 현관 홀을 떠난 직후, 파이프 담배를 입에 문 남성이 저택에 도착했다.

"실례합니다!"

"저… 할아버지의 유물 발견 만찬회에 초대받은 분인가요?"

남자는 주머니에서 초대장을 꺼내고는 자신이 내뱉은 연기에 얼굴을 찌푸리며 말했다.

"그렇다, 사설탐정 카일 세비니라고 하는데. 그쪽은 조르주 씨의 손자…, 장인가?"

"그렇습니다. 어서 오세요."

카일은 이 마을의 사설탐정으로 이전에 저택의 골동품이 도난당했을 때, 조르주가 그에게 수사를 의뢰한 적이 있다고 했다. 결국, 골동품은 찾지 못했지만 조르주와 필립은 둘도 없는 친구를 만든 셈이다.

"잘 부탁하네."

당신은 카일과 악수하고 응접실로 향했다.

【기억 시트 15:00의 메모 칸에 '이자벨, 카일 도착'이라고 기입】

200

괘종시계의 방 옆은 미술품 보관 창고다. 저택의 방이나 화랑에 장식되지 않은 그림과 장식품, 골동품 등이 이 방에 보관되어 있다. 몇몇 장식품은 장식장에 늘어서 있고 그림은 보관 선반에 올려져 있다.

➡ 바닥을 살펴본다. → 33으로

➡ 보관 선반을 조사한다. → 233으로

➡ 장식장을 살펴본다. → 121로

➡ 책꽂이를 조사한다. → 435로

☞ 여러 개의 선택지 가운데서 다음으로 하고 싶은 행동을 선택한 다음 그 단락으로 이동합니다.

201 ↩ 152

크리스핀은 원형 탁자의 의자에 앉아 눈을 감고 하느님에게 기도하고 있다. 마치 석상처럼 미동조차 없다. 당신과 카일이 다가가자 기척을 느끼고 얼굴을 돌렸다.

"죄송합니다. 신부님, 필립 씨 사건에 대해 뭔가 짐작 가는 일이 없을까요?"

"그는 평소에도 성당을 찾아와 기도할 만큼 신앙심이 깊은 분이었습니다. 항상 미소를 잃지 않아서 누구에게나 사랑받는 분이었다고 하지요. 저는 이런 비참한 사건에 휘말리게 되리라고는 생각지도 못했습니다."

"조르주 씨에 대한 건 없습니까?"

"필립 씨는 조르주 씨를 데리고 성당에 자주 왔다고 합니다. 조르주 씨는 그다지 신앙심이 깊은 분이 아니었습니다. 그리스도의 성장 과정이나 성서는 학자로서 관심이 있었던 모양입니다. 그러고 보니 조르주 씨는 7인의 사도 이야기에 매우 큰 관심을 두고 있었습니다."

"7인의 사도요?"

"네. 오래전부터 전해지는 기묘한 시죠. 무슨 뜻인지는 알 수 없지만 조르주 씨는 그 시를 재미있어했다고 들었습니다. 제가 유물과 관련된 시인지 물어본 적이 있는데 조르주 씨는 '이건 어떤 암호를 풀 수 있는 것이다. 유물과는 관계없지만'이라고 말씀하셨네요."

➡ 다른 초대손님에 대해서 물어본다. → 334로
➡ 7인의 사도에 대해서 물어본다. → 389로

202 ↩ 70

카일은 랜턴을 높이 들었다. 랜턴 빛이 바람에 쓰러진 천리향을 비춘다. 당신과 카일은 꽃 앞에 쪼그리고 앉았다.

꽃잎 한 장을 뜯어 색과 모양, 감촉 등을 확인한다. 분명히 필립의 시체에 붙어 있던 꽃잎과 같은 것이다.

폭풍우 한가운데서 카일이 큰소리로 외치듯 말했다.

"장. 어떻게 생각하나? 범인의 옷에 붙어 있던 꽃잎이 필립 시체에 붙은 것일까? 그게 아니면 애초에 필립의 몸에 꽃잎이 붙어 있었던 걸지도 모르겠어. 결정적인 증거는 아닌가 보군."

➡ 단서 **자**가 있는 경우 → 202 + 지시 번호 **자**

당신은 초대손님들의 차트를 넘겼다.

이름	증상과 진단 결과	처방
크리스핀	두통, 요통	두통약, 진통제
클로드	감기, 위통	감기약, 위장약
제레미	기관지 천식	흡입식 스테로이드제
로넷	감기	감기약
미레유	감기	감기약, 해열진통제
카일	요통, 관절염	진통제
이자벨	어지러움, 위통	위장약

"실은 지하에서 이런 걸 발견했어요."

당신은 숨겨진 방에 있던 기욤 베리파스토의 기록을 클로드에게 건넸다. 클로드는 그 글을 퍽 집중해서 읽었다.

"그렇군…."

"클로드 씨, 다시 한번 그리스도의 부활에 대해서 시간순으로 말씀해 주실 수 있을까요? 이 사건의 배경과 깊은 관련이 있는 것만 같아요."

"…그러지."

➜ 최후의 만찬에 대해서 물어본다. → 64로

205

1**3**:00

남쪽 계단에 숨어 지켜보고 있자니 조르주가 응접실에서 나와 자신의 방으로 돌아갔다. 당신은 응접실로 들어가 액자에 손을 뻗었다.

마침 그때, 13시를 알리는 종소리가 울린 탓에 당신은 깜짝 놀라 뛰쳐나갔다. 응접실을 나와 현관 홀로 가보니 태엽 인형 시계가 움직이고 있다. 시계 문자판이 부채꼴로 열리며 인형이 딱딱한 움직임으로 우스꽝스러운 춤을 선보인다.

맨 처음에 나타난 것이 황제인 모양이다. 왕관을 들고 빙글빙글 돌았다.

다음으로 신부가 등장하여 십자가를 들고 설교를 전파한다.

세 번째로는 인어가 나타나 회백색 산호초 위에 올라앉아 유혹의 노래를 불렀다.

마지막으로 나타난 성자는 빈손으로 하늘을 우러르고 있다.

시계를 보고 있는데 로넷과 제레미가 저택으로 돌아왔다.

"안녕하세요. 제레미 씨, 로넷 씨.

"어머! 장. 빨리 오셨군요!"

"미안하군, 장. 반대로 마중을 받게 되다니."

"제레미 씨는 무슨 말씀을. 요리 기대하고 있어요."

"후훗, 맡겨 두라고!"

두 사람과 가볍게 인사하고 당신은 자신의 방으로 돌아갔다.

【기억 시트 13:00의 메모 칸에 '태엽 인형 시계/제레미, 로넷 도착'이라고 기입】

203
204
205
206

206 ↪ 195

수납장 위에는 꽃병이 있다. 꽃병을 손에 들고 거꾸로 뒤집자 안에서 오래된 열쇠 하나가 떨어졌다.

"여기 있다! 로넷 씨가 말한 떠돌이 광대의 방 열쇠야!"

"오오! 드디어 발견한 게로군! 좋아, 이리 줘봐. 내가 문을 열어보고 올 테니. 잠시만!"

카일은 그 말을 남기고는 열쇠를 들고 방을 나갔다.

【MAP 2F '떠돌이 광대의 방'에 100이라고 기입】

일기장 표지에는 '열십자의 꿈'이라고 적혀 있다. 당신은 책을 손에 들었다.

검은 해골이 말했다.

하나. 내가 들어있는 칸을 모두 칠하라.

검은 해골이 말했다.

둘. 그곳과 닮은 장소가 있다.

인형이 말했다.

셋. 내 사지를 그곳에 올리라.

검은 해골이 말했다.

넷. 그 손발 끝을 보라.

인형이 말했다.

다섯. 서쪽, 남쪽, 동쪽 순서. 북쪽으로는 가지 말 것.

검은 해골과 인형은 한목소리로 말했다.

여섯. 다리 숫자를 세어라. 한 사람은 두 개, 두 사람은 네 개.

"그래, 이게 좋겠어."

"그럼 빨리 화랑에 걸도록 하자고."

카일은 그림을 가지고 나갔다.

【단서 **더**에 '그림 추가', 지시 번호 **더**에 3이라고 기입】

"필립이 북쪽 숲에서 무언가를 본 뒤로 조금 이상해졌다고 제레미 씨가 말했어요. 북쪽 숲에 무엇이 있는지 알고 계신가요?"

이자벨은 고개를 숙이고 한동안 입을 열지 않았다.

"…북쪽 숲 어딘가에 기욤 베리파스토의 묘지가 있다는 소문이 있어. 필립은 그것을 본 게 아닐까 싶은데."

"묘지요…?"

"응. 베리파스토는 프랑스 군대로 연행된 뒤로 고문을 받다가 사망했다는 소문이 있어. 결국, 군대에서 찾고 있던 유물이 어디 있는지 알아내지 못하고 이 저택에도 조사 부대를 파견한 것 같은데… 부대원들은 원인도 모른 채 모두 사망하고 말았지. 그것이 수브니르의 파수꾼이라는 미신의 기원인데, 저주를 두려워한 사람들은 베리파스토가 사랑한 북쪽 숲 어딘가에 묘지를 만들고 정중히 묻었다고 들었어…."

이자벨은 슬픈 표정으로 테이블 가장자리를 바라보고 있다.

210 ↩ 252

'그래…, 생각났어. 조르주 할아버지는 여기에서 수첩에 뭔가를 적고 있었고…, 나는 내 방 창문에서 그 모습을 보고 있었어….'

【기억 시트 12:30의 단락 칸에 155라고 기입】

211 ↩ 305

남쪽 벽 구석에 걸린 그림을 지긋이 보았다. 세 명의 성인이 밝게 빛나는 별을 가리키며 떠돌고 있는 그림이다.

불현듯 누군가 어깨를 두드린 탓에 뒤돌아보자 옷을 갈아입은 필립이 웃는 얼굴로 서 있다.

필립은 마을의 단 하나뿐인 의사로 당신과는 의형제와 같은 사이다. 조르주의 유물 조사에서 조수를 맡고 있다. 사냥을 마치고 돌아왔을 때는 옷이 꽤 많이 젖어 있었는데 방에서 옷을 갈아입고 내려온 모양이다. 옷에 비를 맞은 흔적이 남아있지 않았다.

"한가한가 보구먼."

"제레미 씨의 요리를 기다리자니 시간이 더디군. 옆의 주방에서 새어 나오는 음식 냄새를 맡고 있었지."

"한가하면 같이 욕실에 가보는 게 어떤가?"

"욕실?"

"미레유 씨가 비를 맞았다고 도착하자마자 욕실로 직행했거든. 함께 훔쳐보지 않을 텐가?"

"하하하, 필립. 큰일날 소리! 농담은 그만두라고."

"핫핫핫!"

【기억 시트 16:30의 메모 칸에 '미레유 목욕 중/거실 남쪽에 걸린 그림'이라고 기입】

212 ↱ 132

"그렇다면, 여기서 붙잡혀서는 안 됩니다."

"네?"

"다른 분들은 제가 설득하겠습니다. 당신은 소중한 기억을 되찾아 주세요."

"고…, 고맙습니다!"

➡ 복도에서 북쪽을 향해 도망간다. → 281로

➡ 세면대를 향해 도망간다. → 378로

213 ↱ 370

응접실 서쪽 벽에는 드넓은 황야에서 혼자 바위 위에 앉아 있는 성자의 그림이 걸려 있다.

성자는 손을 마주 잡고 깊은 생각에 빠진 표정으로 땅 위를 바라보고 있다. 태양은 서쪽 지평선 아래로 가라앉는 중이다.

214 ↱ 188

"카일 씨, 3월 5일 필립의 방에서 대량으로 도난당한 약도 아스피린이었죠? 만약 펜던트가 범인의 것이라면…"

➡ 두통약을 처방받았거나 훔친 인물이 용의자라고 말한다. → 440으로

➡ 범인은 아스피린에 중독되어 있을 거라고 말한다. → 139로

215

21:00

조르주의 몸은 가벼웠다. 당신은 다른 남자들과 함께 조르주의 시신을 껴안고 응접실로 옮겼다.

데이비드는 조르주의 얼굴에 시선을 고정하고 흐느끼며 말했다.

"이 자가 그런 발표를 한 직후에, 나는 조르주를 비난했어! 내가 조르주를 자살하게 만든 거야! 내 탓이다!"

"데이비드 씨, 그렇지 않습니다."

카일은 그를 위로하고자 한 말이었지만 데이비드의 감정을 더욱 자극할 뿐이었다.

"흐흑…, 자네는 내 옆에 앉아 있지 않은가! 왜 나를 말리지 않았어!"

"나는 말렸습니다!"

"그랬군…. 미안… 미안하네! 조르주!"

"저도 필립 씨 옆에서 갈팡질팡하고 있을 뿐이었는걸요…."

로넷이 작은 목소리로 말했다.

"조르주 씨에게는 받기만 했는데…."

모두 조르주에게 작별 인사를 하고 응접실을 빠져나갔다.

거센 비바람으로 인해 전화는 먹통이 되었다. 동쪽 문은 잠겨있는 데다 남쪽 계단은 불타버린 탓에 2층은 올라갈 수 없다. 2층을 사용하는 사람들은 우선 거실에서 쉬기로 했다.

당신은 혼자 응접실에 남아 조르주의 얼굴을 바라보고 있었다.

"왜 자살을 한 거예요…."

문득 조르주의 주머니에서 무언가 튀어나와 있는 것을 발견했다. 가까이에서 보니 체인이 망가진 은 펜던트였다. 조르주는 액세서리를 좋아하지 않은 데다 무엇보다 금속 알레르기를 앓고 있었다.

펜던트 겉면에는 클로버를 입에 문 작은 새가 새겨져 있다.

"이게 뭐지…?"

당신은 펜던트를 쥐고 응접실을 나왔다.

【기억 시트 21:00의 메모 칸에 '펜던트 입수'라고 기입】

받침대 위에 무언가 고정되어 있었던 모양이지만 무엇인지는 알 수 없다. 세 부분의 절단면은 마치 방금 꺾인 것처럼 깔끔하다. 받침대에는 로마 숫자로 'Ⅵ' 라고 적혀 있다.

➡ 받침대 뒤를 살펴본다. → 408로

로넷이 비상 열쇠를 가지고 와서 잠긴 괘종시계의 방문을 열었다. 데이비드가 조심스레 문을 열었다. 방안은 당신이 나왔을 때 그대로 상태가 유지되어 있다. 필립은 흔들의자 위에 죽어 있다. 로넷과 폴라가 찢어질 듯한 비명을 질렀고 이자벨은 그 자리에 털썩 주저앉았다.

"방 안에는 들어가지 말도록!"

카일이 소리쳤다. 그리고는 천천히 다가가 필립의 왼쪽 손목을 들어 올렸다. 맥을 짚고 있는 모양이다.

"…죽었네요."

"세, 세상에…. 하룻밤 사이에 두 사람이나 죽다니…."

카일이 쭈그리고 앉아 떨어져 있는 칼을 주웠다. 그리고는 무언가를 생각하더니 입을 열었다.

"이 저택에 숨어 있는 유물을 찾던 두 사람이 사망했다. 한 사람은 자살. 그리고 또 한 사람은 살해당했지. 이 칼로…."

열 사람 모두 아무런 말도 하지 않았다. 빗방울 소리가 점점 굵어지고 있다.

"조르주를 포함해서 이 저택에는 총 12명이 있었는데. 필립을 죽인 건 13번째 초대손님인가…?"

데이비드가 혼잣말을 늘어놓았다.

"비가 많이 쏟아진 탓에 산길은 완전히 잠겨버렸습니다. 외부에서 침입할 수 있는 사람이 있을까요?"

카일이 말했다.

"그럼 이 안에 범인이 있다고 말하는 건가? 대체 누가 무슨 이유로 필립을 죽였단 말이야? 비가 내리기 전, 이 저택에 침입한 자가 있는 게 분명하다고!"

데이비드가 큰 소리로 말했다.

"수브니르의 파수꾼이다! 재앙이다!"

제레미가 갑자기 소리치더니 어째서인지 겁먹은 듯한 표정으로 이자벨을 쳐다봤다.

"다들, 무슨 말을 하는 거야! 솔직히 말해서 범인은 이미 가려진 거나 마찬가지라고!"

클로드가 매서운 눈빛으로 당신을 노려봤다.

"너, 왜 이 방에 있었어?"

"그게… 전혀 기억이 나지 않아요."

"기억이 나지 않는다고?"

"정말입니다! 이 저택에 도착했을 때부터의 기억이 완전히 사라져버렸어요. 정신을 차려보니 저기에 쓰러져 있었고…."

"그런 말을 믿으란 말이야? 손바닥으로 하늘을 가리라고!"

"나는 필립을 죽이지 않았어요! 부탁입니다. 제발 믿어 주세요!"

그러나 초대손님들은 모두 당신을 의심스러운 눈초리로 보고 있는 듯했다.

"다들, 저를 의심하시는 거죠…?"

데이비드도 당신에게서 시선을 돌렸다. 거세져 가는 빗소리만 방 안에 울려 퍼진다.

"잠시만 실례. 제가 수사를 해도 될까요? 장과 함께."

긴 침묵을 깬 사람은 카일이었다.

"카일, 무슨 말을 하는 겁니까?"

"지금 이 날씨에는 밖으로 나갈 수도 없고 범행의 단서는 시간이 지날수록 사라집니다. 나는 탐정으로서 지금 즉시 수사를 시작해야 합니다. 하지만, 여러분 입장에서는 나도 용의자 중 한 명이죠. 물론 내가 필립을 죽일 이유는 전혀 없지만요…. 오늘 처음 만난 우리 둘이 함께 행동하면 여러분도 안심할 수 있지 않겠습니까?"

"…두 사람이 수사를 하겠다고?"

제레미가 언짢은 듯한 말투로 말했다.

"장을 범인으로 체포하는 건 매우 쉬운 일이죠. 그런데 만약 진짜 범인이 따로 있다면? 여러분은 진짜 범인을 놓아주게 되는 겁니다. 협박하려는 건 아니지만, 살해 동기가 아직 분명하지 않아요. 여러분들도 언제나 목숨이 위험에 처할 수 있습니다."

"하지 마세요! 그런 일이 또 일어날 리 없잖아요!"

로넷이 소리쳤다.

"가능성을 완전히 배제할 수는 없죠. 그러니까 우리 두 사람이 수사를 진행하는 게 가장 좋은 방법이라고 생각합니다. 그리고 장이 사실을 말하고 있는 거라면 그가 여기에 있었던 이유를 생각해내면 사건을 해결하는데 중요한 열쇠가 될지도 모릅니다."

카일의 설득에 초대손님들은 입을 다물었다.

"만약 장이 범인이라면 제 목숨과 바꾸어서라도 꼭 체포하겠습니다."

"정 그렇게 말한다면야…."

초대손님들은 마지못해 승낙했다. 몇 명은 진정으로 이해하지 못한 모양이었지만 결국은 다른 손님과 함께 각자의 방으로 돌아갔다.

➡ 카일과 이야기한다. → 191로

218

천칭 양쪽에 가면이 올려져 있다.

➡ 왼쪽 가면을 천칭에서 내린다. → 169로
➡ 오른쪽 가면을 천칭에서 내린다. → 312로
➡ 양쪽을 동시에 천칭에서 내린다. → 403으로
➡ 처음부터 다시 한다. → 8로

219 ↵ 202

필립이 저택으로 돌아왔을 때는 사냥복을 입고 있었어요. 일단 방으로 돌아가서 옷을 갈아입은 뒤, 거실에 내려왔을 때는 비가 거세진 탓에 마침 로넷 씨가 정원 문을 잠그러 갔고요. 필립은 정원에는 간 적이 없다는 뜻이지요."

"그렇다면 살아있는 필립의 가슴에 천리향 꽃잎이 붙을 가능성은 매우 낮다는 말이로군."

"전혀 없다고는 할 수 없지만…, 파티용 검은 수트의 가슴에 흰 꽃잎이 붙었다면 금세 알아채고 뗐을 텐데요."

"그럼 이 꽃잎은…."

➡ 이전부터 괘종시계의 방에 떨어져 있던 것이라고 말한다. → 439로
➡ 이전부터 범인 옷에 붙어 있던 것이라고 말한다. → 138로

220

조르주가 당신을 위해 준비한 방이다. 조르주가 건넨 열쇠로 문을 열고 방으로 들어갔다.

➡ 책꽂이를 조사한다. → 404로
➡ 단서 **어**가 있는 경우 → 220 + 지시 번호 **어**
➡ 시간 경과 **2**가 있는 경우 → 220 + 지시 번호 **2**
➡ 시간 경과 **3**이 있는 경우 → 220 + 지시 번호 **3**
➡ 시간 경과 **4**가 있는 경우 → 220 + 지시 번호 **4**

221 ↳ 69

"기억이…, 아직 모두 돌아오지는 않았어요."

"그렇구나…. 예전에 향기가 잠든 기억을 깨운다는 이야기를 들은 적이 있어요. 푸르스트 효과라 했던 것 같아요. 억지로 기억해내려 해도 지칠 뿐이니까 릴랙스하는 게 중요해요. 필립 씨는 사냥을 마치고 돌아오면 아로마 오일로 릴랙스한다고 했어요. 이 세면대 수납장에 에센셜 오일병이 있는데 그걸 조합한다고요. 저녁 만찬회 때 말해줬어요."

"수납장이라면, 이걸 말하는 건가요?"

머리 위에 있는 수납장을 열자 몇 개의 병이 진열되어있다. 그 속에는 다양한 향기가 나는 오일이 들어 있다. 필립은 이 에센셜 오일을 섞어서 아로마 오일을 만들었다고 한다.

➡ 조합한다. → 292로

222 ↳ 53

"조르주 할아버지는《최후의 만찬》그림 앞에, 필립은《유다의 입맞춤》그림 앞, 그리고 데이비드 아저씨는《십자가 형벌》그림 앞…. 그리스도의 일화와 상관있는 모양인데…, 다음은《부활》인가요?"

"참으로 잔인하군요….《부활》그림은 지금 화랑에 걸려 있어요. 그러고 보니 조르주 씨는 그《부활》그림을 팔려고 했다고 클로드 씨에게 들었어요. 왜 그 그림만 팔려고 한 걸까요…?"

"**라**이터예요! 그 테이프에 녹음되어 있던 딸깍하는 소리는 라이터 소리라고 요!"

"뭐? 그… 그래 좋아, 다시 한번 테이프를 들어 보자고."

카일은 녹음기 재생 버튼을 눌렀다. 데이비드의 비명이 흘러나온 후 얼마의 시간이 흐르자 딸깍, 딸깍하는 소리가 들린다.

귀를 기울여 들으니 불이 붙어 담뱃잎이 타들어 가는 소리와 후~하며 연기를 내뱉는 소리가 어슴푸레 들린다.

"틀림없어, 이건 라이터 소리야…. 으음, 연기를 내뿜는 소리를 들어서는 성별까지 알아내기가 어려운 걸…."

"범인은 흡연자가 아닐까요?"

"단정하면 안 된다고, 장! 유서를 위조한 것처럼 이 담배도 함정일지도 모르니까! 범인은 녹음이 되고 있다는 사실을 알고 있었고 흡연자로 위장하기 위해서 일부러 담배를 피운 걸지도 모르니 말이야."

"일리 있는 말이네요. 뭔가 확인할 수 있는 방법이 없을까요?"

【단서 **허**에 '담배', 지시 번호 **허**에 32라고 기입】

십자가를 치우고 책 제목을 확인한다. 《쌍둥이 가면》이라는 책이다. 당신은 책을 펼쳤다.

> 맨 처음, 두 형제 모두가 양쪽 십자가에 걸렸다.
> 그다음으로 오른쪽의 형이 십자가에서 내려왔다. 그 후에, 왼쪽의 아우도 십자가에서 내려왔다. 마지막으로 다시 한번 왼쪽의 아우가 십자가에 걸렸다.

225

20:00

"조르주! 방금 발표한 내용이 사실인가?"

데이비드가 테이블을 강하게 내리친 탓에 당신은 깜짝 놀라 저도 모르게 몸이 움츠러들었다. 하지만 조르주는 그저 쓸쓸한 얼굴로 파이프 담배를 입에 물고 있을 뿐이다.

데이비드는 발표 직후에도 거실에서 테이블을 두드려 분노를 솔직하게 드러냈다. 그 충격은 두 자리나 떨어진 크리스핀 신부의 와인잔을 쓰러트릴 정도였다.

"무슨 일이냐고! 얼빠진 사람처럼…. 중세시대, 이 저택에 살던 주인이 이곳에 유물을 숨긴 사실은 분명하지 않은가. 그걸…, 발견한 게 아니었다는 말인가?"

➡ 묵묵히 두 사람의 모습을 보고 있던 기억을 생각해낸다. → 433으로

➡ 남쪽 창을 통해 정원을 바라본 기억을 생각해낸다. → 332로

➡ 남쪽 벽에 걸린 그림을 보았던 기억을 생각해낸다. → 13으로

226 ↪ 195

"**장**. 클로드가 주웠다는 종이가 이건가?"

테이블 위에 마구 구겨진 종이가 놓여있다.

"이거예요! 크기가 딱 이 정도였거든요."

당신은 종이를 손에 들고 펼쳤다. (다음 페이지 참고)

"이건…, 펜던트 겉면의 무늬와 비슷한 거 같아!"

【수수께끼를 풀어서 나타나는 숫자에 해당하는 단락으로】

모든 조각은 흰색 또는 검은색으로만 칠한다.

● 에 접해있는 주위의 조각은 검은색이 많다.
○ 에 접해있는 주위의 조각은 흰색이 많다.
◑ 에 접해있는 주위의 조각은 흰색과 검은색의 수가 같다.

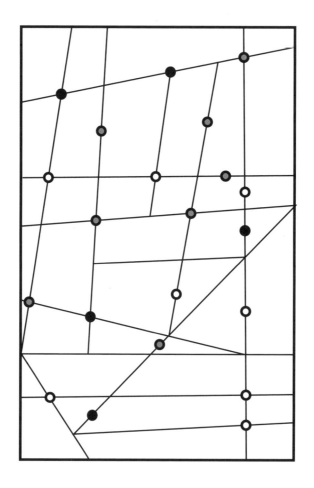

227 ↪ 329

"기욤 베리파스토라는 인물을 알고 있죠?"

"네…, 이름은 들은 적 있어요. 옛날, 이 저택에 살면서 유물을 숨겼다는 사람이죠. 결국 체포당했다고 들었어요. 이 저택은 숨을 만한 곳이 넘치는데도 말이에요."

"숨을 만한 곳이요?"

"네. 저는 숨바꼭질을 아주 잘하죠. 주방에 있는 냉장고는 안 돼요. 거기는 금세 들켜버리거든요."

로넷의 표정에 조금이나마 미소가 돌아왔다.

228 ↪ 220

"장, 무슨 일이야? 잠시 쉬었다 할까?"

"아니요, 아직은 더 움직일 수 있어요."

당신은 창문을 통해 외부의 상태를 살폈다. 바람이 세차게 불어닥치고 바람을 이기지 못한 비가 유리창을 흔든다. 비바람은 점점 거세지고 있었다.

"이제… 다시는 희생자가 나오지 않길 바랍니다만…."

"음…. 만약 유물 조사를 시작했기 때문에 조르주 씨와 필립이 살해당한 거라면…."

카일은 방안을 빙글빙글 맴돌기 시작했다.

"…조사에 협조하던 이자벨 선생도 위험할지도 모르겠군."

"우리가 수사를 시작했으니 범인도 움직이기 쉽지는 않을 거예요…. 하지만 조심하는 게 좋겠어요."

229 ↪ 10

당신은 문을 열 생각으로 해골 형상의 손잡이를 쥐었다. 하지만, 문은 열리지 않는다. 잠겨 있는 모양이다.

"지도에는 여기가…, 납골당으로 이어지는 문이야."

227
228
229

살롱에는 1인용 소파와 스툴, 사이드 테이블이 놓여 있어 홍차나 커피를 마시며 독서를 하거나 음악을 들으며 담소를 나누는 등 저택을 찾은 손님이 제 나름대로 쉴 수 있게끔 되어 있다. 서쪽 벽에 놓여 있는 중후한 장식의 거실장은 실내 분위기와 잘 어울린다.

입구 왼쪽에 있는 문은 서고로 이어져 있고 남쪽 문을 열면 발코니로 나갈 수 있다.

동쪽 벽에는 십자가에 매달린 그리스도의 그림이 걸려 있으며 그림과 창문 아래로는 두 대의 피아노가 있다. 한 대는 그랜드 피아노, 다른 한 대는 업라이트 피아노이다.

조르주의 말에 따르면 이 방은 방음처리가 되어 있어 문을 닫아 두면 실내의 소리가 새 나가는 법이 없다고 한다.

【MAP 2F '서고'에 400이라고 기입】

➡ 피아노를 살펴본다. → 15로

➡ 거실장을 조사한다. → 431로

➡ 벽에 걸린 그림을 살펴본다. → 131로

➡ 사이드 테이블을 조사한다. → 55로

➡ 시간 경과 **3**이 있는 경우 → 230 + 지시 번호 **3**

"그 일요일에 열린다는 동화 낭독회는 어떤 모임입니까?"

"그러니까, 누구든 참가할 수 있는 모임이에요. 가족이 함께 오는 경우가 많지만요. 동화를 읽어준 후에는 크리스핀 신부님이 오르간 연주를 하지요. 신부님의 연주는 정말 황홀하기 때문에 클로드 씨도 연주를 들으러 자주 왔을 정도예요."

"장, 나도 한 번 신부님의 연주를 들은 적이 있는데 말이야. 이야~, 정말 훌륭했지. 사람은 겉으로 봐선 모르는 법이야. … 어이쿠 저런, 실례를."

"카일 씨, 언제라도 또 들으러 오세요."

"그래 뭐, 유다가 그리스도에게 입맞춤했을 때는 사도들도 모두 같은 자리에 모여 있었다고는 하지만…."

"누군가 대신할만한 최적의 인물은 없을까요? 예를 들어서 그리스도를 알고 있는 사람이 있다고 하더라도 얼핏 봐서는 착각할 만큼 외모가 닮은 인물이라거나…."

"외모가 비슷하다라…. 쌍둥이… 말이군!"

"쌍둥이가 있었습니까?"

"사도 토마스는 다른 사도들이 '쌍둥이'라는 별명으로 불렀다네. 누구와 쌍둥이인지는 알려지지 않았지만 일설에 따르면 그리스도의 쌍둥이 아우라는 주장도 있지."

"토마스의 몸에 특징이 있습니까?"

"있어. 토마스는 목수였는데 손등에 목수로서 일할 때 남은 화상 흉터가 있지. 이번에 있었던 살인 사건이 그 비밀을 파헤치려 했기 때문이라는 건가?"

"…유물이 발표되면 세상이 발칵 뒤집힐 것이다…. 할아버지가 그렇게 말했어요. 할아버지는 유물에 근접했었던 거예요. 증거가 발견되면 부활이라는 기적을 둘러싼 신앙에 금이 가게 될 테니까요."

"…무엇이 되었든 유물을 찾지 않으면 아무것도 모르는 것이 아닌가…."

【단서 토에 '음모', 지시 번호 토에 72라고 기입】

233 ↪ 200

창고 안쪽의 보관 선반에는 열쇠가 잠겨 있다. 그 안에는 그림 몇 장이 보관되어 있는 듯하다.

➡ 단서 **나**가 있는 경우 → 233 + 지시 번호 **나**

234 ↪ 31

숫자를 맞추자 열쇠 열리는 소리가 들렸다.

"또 작두 같은 함정이 떨어지는 건 아니겠지…?"

당신은 신중하게 상자 뚜껑을 열었다. 하지만 상자 속에는 아무것도 들어있지 않고 군데군데 검게 패인 구멍이 있을 뿐이다. 뚜껑 뒷면도 똑같은 모양이다.

"이건… 거푸집이 아닌가?"

자세히 살펴보니 구멍은 인형의 형태를 띠고 있다. 납이 있으면 가마에 녹여서 이 거푸집에 넣은 다음 인형을 만들 수 있을 텐데.

【단서 **차**에 '인형 거푸집', 지시 번호 **차**에 20이라고 기입】

235

1 8:00

당신은 데이비드의 이야기를 듣고 난 후 한결 마음이 편안해져 책이라도 읽을 생각에 서고의 문을 열었다.

서고는 오래된 종이 냄새가 감돌아 어딘가 푸근한 느낌이 들었다. 키가 큰 책꽂이 사이를 천천히 걸으며 책을 훑어본다.

"전에 필립이 말한 책이 있을까?"

당신은 필립이 유물에 대해서 말한 것을 기억하고 있었다. 그 책을 발견한다고 해서 단서를 알 수 있을 거라고는 생각하지 않지만 조르주가 시름에 빠져 있는 모습을 본 당신은 유물이 대체 뭔지 알고 싶어졌다.

"찾았다…, 저 책이야…."

당신은 책을 손에 들었다. 책에는 유물에 관해 적혀 있다.

"기욤 베리파스토가 숨긴 유물이란 그리스도의 부활과 관련된 성유물이라고 알려져 있다. 《최후의 만찬》, 《유다의 입맞춤》, 《십자가 형벌》, 그리고 《부활》. 유물은 이러한 일화와 깊이 관련되어 있다.

유물을 발견하기 위해서는 세 가지 도구가 필요하다. 기욤 베리파스토의 기록에는 숨겨진 세 가지 도구에 대해 적혀 있다. 그 도구는 춤추는 인형, 4장의 카드, 그리고 해골 피리이다…. 흠음, 이걸로는 유물이 어떤 건지 짐작조차 가지 않는군."

책의 뒷 부분에는 기이한 도형이 그려져 있다. 삼각형 화살표가 늘어서 있는데(다음 페이지 참고), 유물이 있는 곳을 알아낼 수 있는 단서인 듯싶지만 책을 보면 그 수수께끼를 푼 사람이 아직 없는 모양이다. 세 가지 도구 중 무언가가 필요하다는 사실만 적혀 있다.

책에는 그리스도의 부활에 대해서도 적혀 있었다.

"그리스도는 십자가에 걸려 마지막 순간에 '엘리, 엘리, 레마 사박타니'라고 외쳤다고 한다. 그 말은 하느님, 하느님, 어찌하여 저를 버리셨나이까, 라는 의미이다. …흠음."

➡ 살롱으로 돌아간 기억을 생각해낸다. → 343으로

【기억 시트 18:00의 메모 칸에 '화살표 수수께끼'라고 기입】

【수수께끼를 풀어서 나타나는 숫자에 해당하는 단락으로】

233
234
235

청
황
녹
적

236 ↪ 277

"분명 이 석상은 함정일 거야…. 만지지 않는 게 좋겠어요."
"으음. 현명한 판단이군."

237 ↪ 339

장식품을 뒤집어 뒷면을 살펴봤지만, 아무것도 발견할 수 없었다.

➡ 단서 **모**가 있는 경우 → 237 + 지시 번호 **모**

238 ↪ 55

홍차가 든 컵을 들어 냄새를 맡았다.
"다르질링이네. 내가 좋아하는 홍차야."
당신은 컵을 테이블에 올려 두려다가 손을 멈췄다.
"이 차를 마신 사람이 내가 아닌가…?"

【기억 시트 18:30의 단락 칸에 85라고 기입】

239 ↪ 220

세 번째 희생자가 나오기는 했지만, 수사는 꾸준히 진행되고 있다.
"이제 세 가지 범인 조건에 모두 해당하는 인물을 찾으면…"
그렇지만, 깊은 생각과 긴장이 지속된 탓에 당신은 정신적으로나 육체적으로나 한계에 달해 있었다. 소파에 기대앉아 천장을 올려다보니 저도 모르게 긴 한숨이 흘러나왔다.
"…조금만 쉬었으면 좋겠는데…"

➡ 단서 **오**가 있는 경우 → 239 + 지시 번호 **오**

236 237 238 239

당신은 제레미의 방 앞에 왔다.

제레미는 이 저택에 함께 살며 일하고 있다.

➡ 시간 경과 **2**가 있는 경우 → 240 + 지시 번호 **2**

➡ 시간 경과 **3**이 있는 경우 → 240 + 지시 번호 **3**

➡ 시간 경과 **4**가 있는 경우 → 240 + 지시 번호 **4**

241 ↪ 425

조르주는 괘종시계의 방에 있었다. 흔들의자에 앉아 어두운 눈빛으로 창밖을 통해 숲을 바라보고 있다. 그 옆의 벽에는 그림 두 장이 걸려 있다.

"조르주 할아버지. 역시 여기에 계셨네요."

"…어어. 장이로구나, 어쩐 일이야?"

"할아버지야말로 무슨 일이세요. 기운이 없어 보입니다. 그토록 기다리던 유물을 발견하셨잖아요."

"…유물 발견에 대해 발표하면 아마 세상이 발칵 뒤집히겠지."

"그렇게 대단한 것이었군요!"

"……"

➡ 그림을 보았던 기억을 생각해낸다. → 136으로

➡ 유물에 대해서 이야기했던 기억을 생각해낸다. → 317로

주사위가 멈춰선 남쪽 벽을 살펴보다가 벽지에 그려진 한 마리의 앵무새 눈이 움푹 파여있다는 것을 발견했다. 눈에 손가락을 넣어서 당기자 벽 표면이 갈라지면서 숨겨진 작은 공간이 나타났다.

그 안에는 오래된 금고 같은 것이 놓여 있다. 사이즈는 크지 않지만 구조가 튼튼하고 뚜껑에는 12성좌의 도형이 그려진 버튼이 있다.

【수수께끼를 풀어서 나타나는 숫자에 해당하는 단락으로】

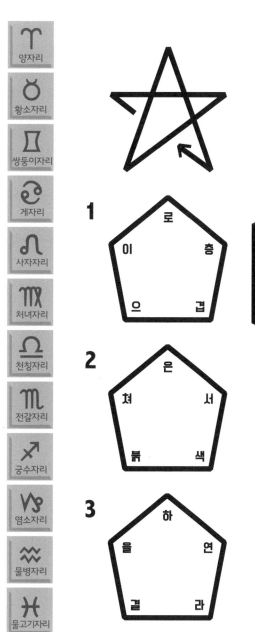

양자리

황소자리

쌍둥이자리

게자리

사자자리

처녀자리

천칭자리

전갈자리

궁수자리

염소자리

물병자리

물고기자리

1
로
이 층
으 겹

2
은
쳐 서
붉 색

3
하
을 연
결 라

243 ↪ 220

당신은 카일에게 잠시 혼자 있겠다고 말한 뒤, 방으로 돌아왔다.

소파에 기대앉아 담배에 불을 붙인다.

"데이비드 아저씨가… 왜 죽어야만 했던 걸까…."

고개를 들어 천장으로 시선을 돌렸다. 조명에 비친 연기가 천천히 천장으로 퍼져나간다.

"무슨 일이 있든 녹음만 하더니…, 이상한 아저씨였어…."

살해당한 세 사람을 떠올리니 모두 당신과 친분이 있는 인물이라는 사실에 흠칫 놀랐다. 로넷과 제레미도 예전부터 알고 지내긴 했지만, 살해당한 세 사람만큼 가깝지는 않았다. 다른 초대손님은 오늘 처음 만난 사이이다.

"그다음으로 나와 친분이 있는 사람은 이자벨 선생님…."

당신은 담뱃불을 비벼 끄고 방을 뛰쳐나왔다. 그리고는 카일의 방문을 정신없이 두드렸다.

"카일 씨, 어서 수사를 진행합시다. 더는 희생자를 만들 수 없어요."

244 ↪ 330

조미료 선반 위에 동물 모양을 빗대어 만든 3개 1쌍의 장식품이 놓여 있다. 받침대에는 로마 숫자로 'IV'라고 적혀 있다. 각각의 장식품 모양은 다음 세 가지이며, 아마도 별자리와 관련이 있는 것 같다.

대왕팬더 왕도마뱀 여왕개미

➡ 장식품 뒤를 살펴본다. → 114로

245 ↪ 432

당신의 뇌리에 저녁 무렵 살롱에서의 광경이 스쳤다.

"맞아! 나는 분명 살롱에 있었어…. 그리고 데이비드 아저씨가 읽고 있던 책은….'

【기억 시트 17:30의 단락 칸에 315라고 기입】

246 ↪ 38

"**폴**라 수녀님, 다른 초대손님에 대한 것도 알고 있는 게 있습니까?"

"글쎄요. 미레유 씨는 이 마을에서 살게 된 지 아직 몇 개월 되지 않았는데 취재 때문에 이 저택을 방문한 적도 몇 번인가 있었다고 해요. 두 사람이 하던 조사에 관한 자세한 이야기나 사사로운 것까지 알고 있을 것 같은데요."

247 ↪ 135

거실문을 열어젖혔다. 폴라가 《최후의 만찬》 쪽을 바라보며 그저 멍하니 서 있다. 당신 곁으로 다가온 폴라가 떨리는 손으로 원형 테이블을 가리켰다.

클로드와 이자벨도 달려 나왔다.

"무슨 일이야? 무슨 사달이라도 난 건가?"

초대손님들이 차례대로 모여든다. 당신은 천천히 원형 테이블로 다가갔다.

원형 테이블 아래로 다리가 보인다. 마음속으로 안 돼, 안 돼, 하며 몇 번을 되뇐다. 애통하게도 그곳에 쓰러져 있는 사람은 조르주였다.

만찬회 때 조르주가 앉아 있었던 자리와 그 옆에 크리스핀 신부가 앉아 있던 자리 뒤쪽에 하늘을 보고 누워 입가에 자줏빛 액체를 머금고 있다. 언뜻 봐서는 그저 잠든 것처럼 보인다.

필립이 달려와 조르주의 가슴에 귀를 갖다 댔지만 금세 어두운 표정으로 바뀌고는 천천히 고개를 들어 가로저었다.

데이비드는 조르주의 어깨를 흔들며 이름을 외치고 있다. 그곳의 소리나 그 광경이나 갑자기 멀어져가는 듯한 감각이 들어 당신은 그저 멍하니 바라보고 있을 뿐이다.

어느샌가 데이비드가 바닥에 엎드려 흐느끼고 있다.

당신은 할아버지의 다리 근처에서 나뒹구는 빵을 보고 그것을 주워들었다. 빵은 와인에 적셔져 있다. 그것을 본 클로드가 중얼거렸다.

"《최후의 만찬》…. 그리스도는 배반자에게 포도주에 적신 빵을 주었어…. 그 빵을 먹고 조르주 씨가 죽은 건가…?"

당신은 벽에 걸린 《최후의 만찬》을 바라보았다.

"이게…, 뭐지…?"

미레유가 한 장의 종이를 발견했다. 만찬회 때 미레유가 앉아있던 자리와 오른쪽으로 로넷이 앉았던 자리 사이에 그 종이가 떨어져 있었다.

243
244
245
246
247

"…'찬란했던 꿈을 잃고 그리던 사람도 모두 떠나고 사랑스러운 어린 양은 저울질하지 않으며 이제 안식을 청하고 헤어짐을 아쉬워하지 않는다'…. 유서인가…?"

그 종이에는 조르주의 글씨체가 고스란히 담겨 있었다.

"…혹시, 이상한 소리가 들리지 않습니까?"

크리스핀 신부가 말했다. 귀를 기울이니 멀리서 타닥타닥하며 나무가 타들어 가는 듯한 소리가 들린다. 필립과 카일이 서둘러 거실을 나갔다. 당신도 그 뒤를 따라 나갔다.

복도는 이미 하얀 연기가 자욱이 깔려 있었다. 연기가 흘러나오는 방향으로 달려가 보니 남쪽 계단이 불길에 휩싸여 있었다.

"장! 저리 비켜!"

카일이 현관 홀에서 가져온 소화기를 불꽃을 향해 분사했다. 필립이 욕실에서 양동이에 길어온 물을 끼얹었다. 당신도 욕실로 달려가 양동이에 물을 길었다.

필사적으로 불을 끈 덕분에 불길은 어느 정도 잡혔다. 하지만, 계단이 무너지는 바람에 2층으로 올라갈 수 없게 되었다.

"이게 대체 무슨 일이야!"

필립이 가쁜 숨을 몰아쉬며 소리쳤다.

【기억 시트 20:30의 메모 칸에 '조르주 사망/남쪽 계단 화재'라고 기입】

---

248 ↱ 240

"**제**레미 씨, 잠시 시간 좀 내줄 수 있을까?"

카일이 노크하자 조금 겁먹은 듯한 모습으로 제레미가 문을 열었다.

➡ 살롱에 대해서 물어본다. → 109로

➡ 떠돌이 광대의 방에 대해서 물어본다. → 71로

---

249 ↱ 120

동쪽 벽에는 두 장의 그림이 걸려 있다. 비에 젖어 찬란하게 빛나는 연보랏빛 등나무꽃이 그려진 그림과, 푸른 하늘을 배경으로 피어난 하얀 꽃 천리향 그림이다. 그리고 또 한 곳, 북쪽 계단 쪽에도 전시 공간이 있지만, 그곳에는 아무것도 걸려 있지 않다.

250

연구 자료실은 상당히 어질러져 있다. 입구 부근은 괜찮은 편이지만, 안쪽은 산처럼 쌓인 자료가 금방이라도 무너질 것 같다.

북쪽 벽면은 전체가 책꽂이로 만들어졌고 마을 역사와 유물에 관한 전설 자료가 빼곡히 채워져 있다. 이 방에서는 발굴한 물건의 복구 작업도 이루어지는 듯, 작업대 위에는 형체를 알아볼 수 없을 만큼 부서진 석상과 깨진 사발 파편, 보존 처리 중인 철기 등이 여기저기 흩어져 있다. 정원 쪽으로 난 채광창 아래에는 작은 테이블이 있으며 마시다 만 커피 컵과 책 몇 권이 놓여 있다.

➡ 테이블 위에 있는 책을 살펴본다. → 412로
➡ 단서 **라**가 있는 경우 → 250 + 지시 번호 **라**

251 ↳ 97

당신은 살롱에서 발코니로 나갔다. 좀처럼 잦아들지 않는 거센 돌풍이 불어닥친다.

발코니는 제레미의 방과 로넷의 방으로도 통해 있다.

➡ 제레미의 방으로 들어간다. → 419로
➡ 로넷의 방으로 들어간다. → 91로

252 ↳ 390

책상 위에 놓인 종이에는 재떨이에서 흘러넘친 담배꽁초가 떨어져 있다. 종잇조각에는 기묘한 문장이 적혀 있고 가장자리에는 '7인의 사도'라고 휘갈겨 쓴 글씨가 있다. (다음 페이지 참고)

당신은 종이를 손에 들고 그 문장을 읽었다.

"장, 무슨 일 있는가?"

"네, 뭔가 생각이 날 것 같아요…."

【수수께끼를 풀어서 나타나는 숫자에 해당하는 단락으로】

적색	백색	흑색	녹색	자주색	황색	남색
소	다	허	간	시	지	가
중	짐	황	절	간	쳐	슴
한	하	된	한	이	버	속
소	는	생	마	가	린	에
원	희	각	지	도	육	묻
은	망	으	막	감	신	은
꼭	의	로	사	정	다	유
이	새	기	도	은	시	물
루	로	도	의	제	추	의
어	운	삼	기	자	스	큰
진	결	매	다	리	리	비
다	심	경	림	에	고	밀

적색	백색	흑색	녹색	자주색	황색	남색

253 ↩ 230

데이비드의 시체는 창가에서 내려져 바닥에 누운 상태로 접은 시트가 덮여있다.

➡ 시체를 조사한다. → 347로

➡ 단서 🈂가 있는 경우 → 253 + 지시 번호 🈂

254 ↩ 185

납골당 동쪽 벽이 움직이더니 숨겨진 방이 나타났다. 그곳에는 한 여자가 서 있었다.

"이… 이자벨 선생님!"

"왜 여기에…."

이자벨은 천천히 뒤를 돌아보았다.

"장…, 조르주가 한 말이 생각났어…."

그 말을 뱉자마자 이자벨을 몸을 가누지 못한 채 그 자리에 쓰러졌다.

당신은 그녀에게로 다가가 몸을 지탱했다.

"선생님! 정신 차리세요!"

"…괜찮을 거야. 잠시 정신을 잃은 것뿐이니까. 그나저나 이자벨 씨는 정신력이 완전히 바닥난 모양이군. 장! 일단 방으로 옮기는 게 좋겠어!"

【MAP 지하 '숨겨진 방'에 300이라고 기입】

【시간 경과 ④에 '3시', 지시 번호 ④에 19라고 기입】

【카일의 방으로 가서 수사 상황을 확인할 것】

255 ↩ 220

당신은 너무 지친 나머지 침대에 몸을 뉘자 곧장 꿈속으로 빠져들었다.

(꿈…? 정말 이게 꿈인가? …기억인가?)

【기억 시트 22:00의 단락 칸에 415라고 기입】

➡ 눈을 뜬다. → 179로

253
254
255

"**병**사에게 체포당한 그리스도는 십자가 위에서 이렇게 외쳤지. '하느님, 하느님, 어찌하여 저를 버리셨나이까.'"

"…유다의 배반을 꿰뚫어 보았고 그렇게 될 것이라는 걸 알고 있었던 거죠? 자신의 죽음과 부활까지 예고했는데 그리스도가 그런 말을 외칠 필요가 있었을까요?"

"흠…. 그리스도는 목숨이 끊어진 후, 천으로 시체를 감아 묘지로 옮겨졌어."

"그리고 3일 후에 부활하였고 그 기적을 직접 본 사람들은 그리스도를 절대적으로 숭배하게 되었다는 거네요…."

➡️ 생각을 정리한다. → 401로

데이비드는 조르주의 오랜 친구이다. 그는 원형 테이블에 놓인 의자에 앉아 《최후의 만찬》을 멍하니 바라보고 있다.

당신의 기적을 눈치챈 그는 작은 한숨을 내쉬고는 힘없이 웃었다.

"데이비드 아저씨는 최근에 조르주 할아버지와 연락을 하셨나요?"

"그러지 못했어. 오랜만에 편지를 받았지. 우리는 무언가 연구 성과가 나왔을 때만 만났으니까 말이야. 아무런 성과를 거두지 못하면 2년이든 3년이든 만나지 않았어. 그래도 우리는 친한 벗이었단다…."

➡️ 유물 조사에 대해서 물어본다. → 194로

➡️ 단서 **파**가 있는 경우 → 257 + 지시 번호 **파**

그러고 보니 등 뒤에서 인기척이 느껴진다. 당신은 마음을 단단히 먹고 뒤를 돌아 문을 향해 달려갔다. 문 뒤에는 이미 기척이 사라지고 북쪽 계단을 뛰어내려가는 발소리만이 들려올 뿐이다.

"장, 따라가지 마! 너무 위험해!"

"분명 지금 누군가 여기에서 우리를 지켜보고 있었어요…. 범인이었을까요?"

"…그건 알 수 없지만, 조심하는 게 좋겠어."

➡️ 금고를 연다. → 416으로

259 ↪ 240

"**제**레미 씨, 문을 좀 열어 주세요."

"싫어! 혹시 뭔가 진전이라도 있었던 건가?"

"이자벨 선생님이 사라졌었는데 지하에 있는 숨겨진 방에서 찾았어요."

"뭐라고?"

제레미가 문을 열고 문틈으로 당신의 얼굴을 빤히 보았다.

"사실이야?"

"네. 이야기를 들어주실 건가요?"

"…들어와."

당신과 카일은 제레미의 방으로 들어갔다. 책상 위에는 조금 전에는 없던 책이 놓여 있다.

➡ 책에 대해서 물어본다. → 12로

➡ 이자벨에 대해서 물어본다. → 122로

➡ 흡연하는지에 대해서 물어본다. → 61로

256
257
258
259
260

260

방에는 먼지와 곰팡이가 뒤섞여 퀴퀴한 냄새가 감돈다. 눈길이 닿는 모든 곳에 거미줄이 걸려 있고 너덜너덜한 침대는 썩어 있으며 무너진 책꽂이 주변에 책이 여기저기 흩어져 있다. 방에 창문이라고는 단 하나도 없다.

책상 위에는 일기장과 십자가 모양의 천칭, 그리고 완벽히 똑같은 생김새의 가면이 두 개 놓여 있다.

천칭은 십자가의 양팔 끝에 접시가 매달려 있고 받침대는 두께가 제법 있어 상자처럼 보인다.

➡ 일기장을 읽는다. → 207로

➡ 두 개의 가면과 천칭을 본다. → 8로

아직 거실에는 아무도 없다. 주방에서는 로넷과 제레미가 바쁜 몸놀림으로 요리를 준비하고 있다.

당신은 《최후의 만찬》을 올려보았다.

그림 중앙의 정면에 놓인 의자 등받이에는 창 모양의 마크가 새겨져 있다.

"어머, 장. 파티가 곧 시작될 거예요. 자리에 앉아서 기다려 주세요."

당신은 자신의 이름표가 놓인 자리에 앉았다. 《최후의 만찬》을 정면에서 볼 수 있는 자리다.

【기억 시트 19:00의 메모 칸에 '가장 먼저 착석'이라고 기입】

262 ↩ 250

"혹시 이 갈색 가죽 가방이 데이비드 아저씨가 말씀하셨던 가방일까요?"

당신은 작업대 밑에 아무렇게나 놓여 있는 가죽 가방을 잡아당겼다.

"그런 것 같은데…. 여기 있다! 두 번째 양피지와 해답 시트 말이야!"

가죽 가방을 뒤지던 카일의 손에 양피지와 해답 시트가 들려 있다.

【구성품 '해답 시트 2'를 꺼낸다】

➡ 양피지를 읽는다. → 104로

263 ↩ 240

카일은 제레미의 방문을 노크하고 그의 이름을 불렀다.

"제레미 씨. 잠시 실례 좀 하겠네."

그러자 방안에서 제레미가 소리쳤다.

"저리 꺼져! 당신들이 한통속이 아니라는 걸 증명해 보란 말이야! 나는 죽고 싶지 않으니까!"

"장, 큰일이군."

➡ 포기한다. → 341로

➡ 끈질기게 접근한다. → 107로

261
262
263
264

264 ↩ 92

당신은 가마 속으로 머리를 밀어 넣고 안을 들여다보았다. 그 안에는 작은 상자가 떨어져 있다. 손을 뻗어 상자를 집어 올린 순간, 가마의 열린 틈에서 날카로운 칼날이 떨어져 당신의 목과 팔을 동강 냈다.

GAME OVER

"장, 이쯤에서 잠시 쉬는 게 좋겠어. 나는 잠시 화장실에 다녀올 테니 방에서 쉬고 있으라고."

당신은 방에서 잠시 휴식하기로 했다. 담배 생각이 나는 탓에 가방을 열고 담배를 찾는다.

"어? 이건 뭐지?"

가방 속에 본 적 없는 갈색 병이 들어 있다. 뚜껑을 열고 내용물을 테이블 위에 쏟았다. 그것을 본 당신은 숨이 멎는 듯했다.

병에서 나온 건 다름 아닌 그 캡슐이었다.

"어… 어째서 내가 펜던트에 들어있던 그 약을 갖고 있는 거지?"

➡ 카일이 돌아온다. → 406으로

R

L

R

266 ⤴ 83

"**신**부님. 엘리 엘리, 레마, 사박타니라는 말은 무슨 뜻인가요?"

"그리스도가 십자가 위에서 마지막에 외친 말로 '하느님, 하느님, 어찌하여 저를 버리셨나이까'라는 뜻이라고 합니다."

267 ⤴ 237

신기한 안경을 쓰고 장식품 뒤를 보자 그림이 떠오르기 시작했다.

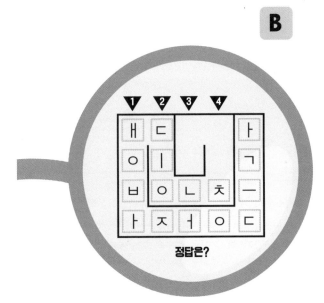

정답은?

268 ⤴ 281

복도 모퉁이에서 클로드의 상태를 살핀다.

클로드는 거실문에 손을 가져다 댔다.

그 순간, 갑자기 누군가 당신의 어깨를 두드렸다. 깜짝 놀라 뒤돌아보자 미레유가 서 있다.

"무슨 일 있어…?"

미레유는 변함없는 표정으로 당신을 바라보았다.

카일은 그녀에게 당신을 쫓고 있다는 사실을 알리지 않은 것일까?

"…아, 아무것도 아니에요."

그 말을 남기고 자리를 떠나려는 순간 미레유가 당신의 팔을 거세게 붙잡았다.

"소용없을 거야…. 도망 따위…."

"예?"

미레유는 숨을 크게 들이마셨다.

"여기 있어요~~!!"

믿을 수 없을 정도로 큰 음성이 저택에 울려 퍼지자, 클로드가 발길을 돌려 이쪽으로 다가왔다. 당신은 미레유를 뿌리치고 현관 홀을 향해 내달렸다.

➡ 현관 홀로 들어간다. → 111로

---

269 ↵ 109

제레미의 방을 빠져나오면 바로 앞에 살롱 문이 보인다. 확실히 문손잡이가 다른 방의 것과 비교하더라도 조금 다르다. (아래 그림 참고)

당신은 제레미에게 문손잡이에 관해서 들은 정보를 확인했다.

> 문을 여는 방법은 나무조각에 적혀 있다.
> 나무조각은 둘로 갈라져 문 앞뒤로
> 떨어져 있다.

【수수께끼를 풀어서 나타나는 숫자에 해당하는 단락으로】

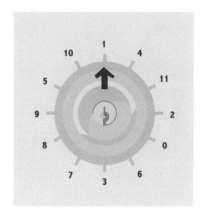

266
267
268
269

1   3   6

5   9   2

7   4   8

270

저택의 현관 홀은 꽤 널찍해서 개방감이 느껴지는 공간이다.

현관 홀의 동쪽 문은 화랑과 북쪽 계단, 화장실과 욕실로 이어지고 서쪽 문은 응접실, 남쪽 계단, 별관과 조르주의 방으로 갈 때 사용한다.

홀에는 기사의 갑옷과 투구, 태엽 인형 시계 등이 놓여 있고 정면 벽에는 이상한 모양의 가면이 걸려 있다.

➡ 태엽 인형 시계를 살펴본다. → 145로
➡ 현관 홀의 서쪽 문 앞으로 간다. → 441로
➡ 단서 **카**가 있는 경우 → 270 + 지시 번호 **카**

271 ⤴ 358

"취재할 때 양피지에 대해서도 말했군요."

"그랬지···. 한 달 전쯤, 유물에 대한 단서가 될 5장의 양피지를 모두 모았다고 필립이 말했었어···. 중요한 것이니까 약품 선반 서랍 안쪽에 숨겨진 곳에 넣어 두었다고 말이야."

【단서 **커**에 "약품 선반", 지시 번호 **커**에 20이라고 기입】

272 ⤴ 257

"아직도 믿어지지 않는군. 조르주가 자살하다니. 그렇지만 장도 알다시피 그 유서는 틀림없이 조르주의 글자였다고. 찔러도 피 한 방울 안 나올 것 같은 사람이 썼다기에는 퍽 로맨틱한 문장이 아닐 수 없지. 하하하···. 죽은 다음에 그 녀석의 인간다운 면을 보게 될 줄이야···."

273 ⤴ 89

당신은 데이비드에게 말을 걸었다.

"데이비드 아저씨. 조르주 할아버지가 조금 달라 보이지 않나요?"

"응? 그런가? 조금 전까지 거기에서 파티 자리를 어떻게 배치할지 생각하는 모양이 던데. '나와 필립 사이에 폴라 수녀님이 앉는 건 정해졌는데 나머지는 쉬이 정해지지 않는군' 하면서 중요하지도 않은 이야기를 하더군. 자리에 연연하는 걸 보면 그 자답다는 생각이 들지 않는가? 그것보다 저 남자 말일세···."

270 271 272 273

데이비드는 그림 속으로 빨려 들어갈 기세로 집중하고 있는 클로드를 가리켰다.

"이래저래 2시간이나 미동도 없이 서 있지 뭔가…. 나는 나대로 신경이 쓰여서 책 내용이 뭔지 전혀 머릿속으로 들어오지 않는다고. 아까 크리스핀 신부와도 만났는데 이 마을엔 이상한 사람들 천지일세. 그러고 보니 자네 할아버지도 그중 한 사람이 아닌가. 앗하하!"

"하하하. 그건 부정할 수 없네요."

당신은 데이비드의 이야기를 듣고 난 후 한결 마음이 편안해져 책이라도 읽을 생각에 서고의 문을 열었다.

274 ↪ 233

책 사이에 끼어 있던 열쇠는 보관 선반의 자물쇠에 꼭 들어맞았다. 선반 문을 열자 먼지가 날린 탓에 당신은 기침을 참을 수 없었다. 그 안에는 몇 장의 그림이 보관되어 있다. 유명한 그림도 있는 것 같다. 조르주의 글씨가 적힌 라벨을 읽는다.

> 프란체스카 그리스도의 세례
> 프라 안젤리코 부활
> 레오나르도 다 빈치 수태고지

→ 단서 **가** 가 있는 경우 → 274 + 지시 번호 **가**
→ 시간 경과 **2** 가 있는 경우 → 274 + 지시 번호 **2**

275 ↪ 320

하얀 약품 선반에 약병이 늘어서 있다. 모든 약은 이 선반에 보관하는 것 같다. 당신은 서랍 속에 들어있던 관리장을 집어 들었다. 약품 재고 수가 체크되어 있다.

"…카일 씨. 이걸 한번 보세요. 여기 아스피린이라는 약이 며칠 전 대량으로 사라졌어요."

"그게 며칠이지? 책상 위에 있던 일지를 확인해 보자고."

"3월 5일…. 정확히 1주일 전이네요."

카일은 책상 위에 놓여 있던 일지를 넘겼다.

"여기 있네. 어디 보자, '아스피린이 대량으로 사라졌다. 누군가 훔쳐 간 걸지도 모르겠다'라…."

【단서 **버**에 '도난당한 약', 지시 번호 **버**에 26이라고 기입】

➡ 단서 **거**가 있는 경우 → 275 + 지시 번호 **거**

276 ↪ 57

당신과 카일은 각자 그랜드 피아노와 업라이트 피아노 앞에 섰다.

"준비됐지, 장? 시작한다?"

통–….
통–….
통–….
통–….

당신은 다섯 번째 건반을 눌렀다.

통–….

카일의 피아노에서는 소리가 들리지 않는다. 당신은 고개를 돌렸다.

"무슨 일인가요, 카일 씨?"

"잠시만…. 어라? 이상하군…. 신기하게도 다섯 번째 건반이 단단해서 눌리지 않아."

당신도 그 건반을 눌러 보지만, 단단히 고정되어 눌리지 않는다.

"정말이네요. 왜 이런 걸까요?"

"글쎄… 알 수는 없지만, 이렇게 눌러봐서 안 되면 당기면 되는 거야!"

카일은 건반을 쥐고 당겼다. 그러자 건반이 쉽게 빠지더니 그 속에서 오래된 열쇠 하나를 발견했다.

"핫핫핫! 봤는가, 장! 이건 분명 열리지 않는 방의 열쇠일 거야…. 내가 열어보고 오겠네. 실례 좀 하지!"

카일은 열쇠를 들고 살롱을 빠져나갔다.

【MAP 1F '열리지 않는 방'에 260이라고 기입】

제단은 벽과 마찬가지로 돌벽돌을 쌓아서 지어졌다. 좌우에는 촛대가 있지만, 초는 완전히 눌어붙었고 남은 것마저 갈색으로 변했다. 중앙에는 현관 홀에 장식되어 있던 가면과 같은 얼굴 모습의 조각상이 놓여 있다. 조각상의 크기는 30cm 정도로 돌을 깎아서 만든 것 같다. 가슴 부분에 박혀있는 보석이 화톳불을 반사하며 반짝인다.

➡ 석상을 들어본다. → 4로
➡ 그냥 지나친다. → 236으로

"장. 혹시 조르주 씨와 필립이 동일 인물에게 살해당한 거라면⋯."
당신은 시체를 덮은 하얀 천을 들추고 조르주의 시체를 살폈다.

➡ 머리를 조사한다. → 93으로
➡ 오른쪽 옆구리를 조사한다. → 11로

"그때, 데이비드 아저씨는 안 주머니에 녹음기를 넣었어⋯."
안 주머니를 뒤져 데이비드가 자주 쓰던 녹음기를 찾았다. 녹음기 안에는 테이프가 들어 있다. 조금 앞으로 되감은 뒤 재생 버튼을 누르자 피아노 소리가 흘러나왔다. 데이비드는 살해되기 전, 이곳에서 피아노를 치고 있었던 모양이다.
하지만, 연주라기보다 무언가 확인하려는 듯 통, 통, 소리를 낼 뿐이었다.

통-⋯
통-⋯
통-⋯
통-⋯
으악! 덜컥, 쾅⋯, 털썩.

"이게 뭐지?"
네 번의 피아노 소리가 간격을 두고 들린 뒤로 데이비드의 짧은 비명과 피아노 불협화음이 흘러나오더니 곧이어 바닥에 쓰러지는 소리가 이어졌다.

"데이비드 씨가 살해당한 순간에 녹음된 건가…?"

"쉿!"

딸깍딸깍….

"…무슨 소리지?"

테이프가 끝난 것인지 녹음은 거기서 멈춰 있었다. 데이비드는 피아노를 치던 중에 살해당했고 범인은 녹음기가 있다는 사실을 눈치채지 못한 걸까?

"그런데 왜 아저씨는 밤중에 피아노를 치고 있었던 걸까요?"

"…잠이 들지 않은 모양이지."

"어쩌면 아저씨가 살해당한 이유가 여기에 있을지도 모르겠어요."

"무슨 뜻이야?"

"이 피아노에 무언가 비밀이 숨겨져 있고 그것을 폭로하려고 했다면요. 그때 범인에게 발각되어서 살해당한 게 아닐까요?"

【단서 카 에 '녹음기', 지시 번호 카 에 15라고 기입】

280 ↱ 140

원형 테이블 주위로 총 12개의 의자가 놓여 있다.

모두 같은 의자이지만, 자세히 보면 등받이 끝에 장식된 마크가 조금씩 다르다. 책, 십자가, 창, 지팡이, 모두 4종류가 있는 것 같다.

책 십자가

창 지팡이

281 ⮌ 212

복도 모퉁이에 서서 거실 앞을 살핀다. 서쪽 문 앞에서 카일과 클로드가 이야기를 나누고 있다. 카일이 협조를 부탁한 것이겠지. 당신은 두 사람의 대화에 귀를 기울였다.

"나는 조르주 씨의 방을 살피고 오겠습니다. 클로드 씨는….."

"알겠네. 장을 발견하면 곧장 소리치도록 하지."

카일은 서쪽 문을 열고 조르주의 방으로 향하는 듯했다. 클로드는 방향을 돌려 이쪽을 향해 다가온다.

➡ 클로드의 행동을 살핀다. → 268로

282 ⮌ 274

"카일 씨. 화랑에 아직 그림을 걸 수 있는 공간이 있는 것 같네요."

"그래, 한 장 정도는 걸 수 있을 거야."

당신은 화랑에 걸 그림을 한 장 고르기로 했다.

➡ 프란체스카 《그리스도의 세례》를 선택한다. → 308로

➡ 프라 안젤리코 《부활》을 선택한다. → 423으로

➡ 레오나르도 다 빈치 《수태고지》를 선택한다. → 208로

283 ⮌ 100

다트판 둘레에는 멋들어진 조각이 새겨져 있다. 골동품처럼 보이지만, 특별히 수상한 장치는 없는 것 같다.

"장, 여기에 다트 핀이 있군. 대결 한판 할까?"

➡ 대결한다. → 397로

➡ 응하지 않는다. → 154로

284 ⮌ 7

바닥에는 검은 해골이 그려져 있다.

"여기에서 서쪽으로 두 걸음, 남쪽으로 여덟 걸음, 동쪽으로 네 걸음….."

당신은 그곳에 서서 발밑에 있는 돌벽돌을 살펴봤다.

자세히 보니 하나의 돌벽돌이 다른 벽돌보다 네 귀퉁이가 검게 변해있다.

벽돌 틈으로 손가락을 집어넣고 벽돌을 꺼냈다. 벽돌 아래에는 피리와 열쇠가 숨겨져 있다.

"해골 피리야…!"

【책 뒤쪽에 삽입된 아이템 ③ '해골 피리'를 잘라서 손에 넣는다】

【단서 **ᄂ**에 '향로의 열쇠', 지시 번호 **ᄂ**에 14라고 기입】

285 ↪ 45

"**장**, 필립은 집에 없는가?"

"그렇습니다. 필립은 사냥을 하러 간 뒤 아직 돌아오지 않은 것 같아요."

데이비드는 담배에 불을 붙였다.

"뭐 하는 거예요, 데이비드 씨! 재떨이도 없는데 여기서 담배 피우지 말아 주세요!"

"어엇! 미안하게 되었군. 습관이 되어서 말이지."

데이비드는 연못물을 손으로 떠서 담뱃불을 껐다.

"음. 그나저나 로넷 씨가 말한 것처럼 아주 훌륭한 정원이군."

데이비드 씨가 그렇게 말하고는 주머니에서 녹음기를 꺼내 녹음 버튼을 누르고 무언가 말하기 시작했다.

"정원에 핀 천리향이 봄소식을 들려주고…"

"또 시작이군…."

당신은 데이비드의 이상한 습관에 대해 로넷에게 설명했다. 그것은 바로 무슨 일이 있든 곧장 녹음기에 음성을 기록하는 것이다. 녹음만 할 뿐, 다시 듣는 걸 본 적은 없다.

"어? 이건 뭐지?"

녹음을 하며 거닐던 데이비드가 정원 구석을 가리켰다. 잡초가 우거진 탓에 잘 보이지는 않지만, 그곳에는 7개의 돌이 일렬로 세워져 있었다.

"글쎄요? 이게 뭘까요? 지금껏 본 적이 없는 것 같네요."

분명 신기한 돌이긴 했지만, 당신은 크게 신경 쓰지 않고 "심심한데 화랑에 그림이라도 보러 가 볼까."라고 말하고는 정원을 떠났다.

【단서 **ㅋ**에 '7개의 돌', 지시 번호 **ㅋ**에 7이라고 기입】

【기억 시트 14:30의 메모 칸에 '클로드, 데이비드, 로넷 정원'이라고 기입】

동쪽 문을 열고 주방으로 숨어든다.

"주방으로 들어갔어!"

'18시 30분…, 나는 여기에서 제레미가 노래를 부르며 요리하던 모습을 봤어…. 그다음에는….'

주방을 빠져나가며 생각한다. 제레미가 화랑 쪽에서 들이닥칠지도 모른다.

➡ **주방에 몸을 숨긴다.** → 28로

➡ **거실로 돌아간다.** → 157로

➡ **화랑으로 뛰어간다.** → 396으로

➡ **범행을 자백한다.** → 14로

"**그**때 벽에 걸려 있던 그림이 있을까?"

당신은 선반 서랍을 위에서부터 차례대로 열어서 확인했다. 몇 번째 칸인지도 모를 서랍을 열자 그 그림이 들어 있었다. (다음 페이지 참고)

"이거야. 조르주 할아버지와 이야기했을 때 봤던 밤하늘 그림. 왜 여기로 옮겨진 걸까?

그림을 보고 있자니 불현듯 조르주가 한 말이 뇌리를 스쳤다.

"'은색의 코인으로 별 사이를 지나가라. 오른쪽 방향이 북쪽이다.'…, 조르주 할아버지가 그런 말씀을 한 것 같은데…. 그 말이 무슨 뜻이었는지…. 도무지 생각나지 않는군…."

【수수께끼를 풀어서 나타나는 숫자에 해당하는 단락으로】

★부분은 통과할 수 없다
지나간 길 위의 숫자를 모두 더하라

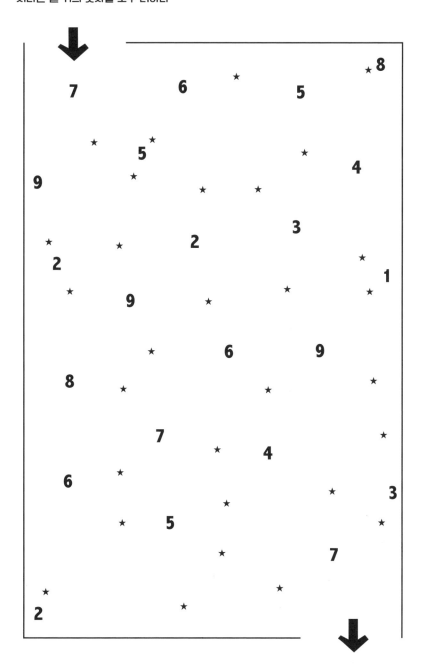

286
287

"초대장은 조르주 씨가 보낸 건가요?"

"그래. 이 저택에 걸려 있는 몇 개의 그림을 조달한 사람이 바로 나니까. 자세한 내막은 모르지만 그림이 유물 조사에 필요한 것 같더군. 그래서 고맙게도 파티에 나도 초대받게 된 거지."

저택에 걸린 그림은 모두 조르주가 클로드에게 조달을 부탁한 것이다. 조르주는 유물 조사를 위해 몇 개의 그림을 사들였다. 그 이유는 유품을 숨긴 인물 기욤 베리파스토가 세심하게도 여기에는 이런 그림을 두라는 지시를 남겼기 때문인 듯했다.

"필립 씨는 좋은 의사였다고 들었습니다. 이 마을에 의사는 단 한 분이었기 때문에 마을 사람 모두 그를 찾았었죠.

그러던 중 언제였을까요, 제가 필립 씨의 방에서 진찰을 받을 때 조르주 씨가 떠돌이 광대의 방에 있는 것을 봤는데요. 그 때, 조르주 씨는 주사위 같은 것을 굴리고 있는 것 같았습니다. 하지만, 주사위 게임을 하는 것처럼 보이지는 않았습니다. 그때 그 행동이 연구 조사의 일환이라는 것을 듣게 된 건 그 후의 일이었죠.

저택에 대한 일은 함께 살고 있던 로넷 씨나 제레미 씨에게 묻는 편이 더 나을지도 모르겠습니다."

당신은 카일의 방 앞에 왔다.

➡ 시간 경과 **1**이 있는 경우 → 290 + 지시 번호 **1**
➡ 시간 경과 **2**가 있는 경우 → 290 + 지시 번호 **2**
➡ 시간 경과 **3**이 있는 경우 → 290 + 지시 번호 **3**
➡ 시간 경과 **4**가 있는 경우 → 290 + 지시 번호 **4**

291 ↱ 120

화랑의 서쪽 벽에는 네 장의 그림이 걸려 있다. 당신은 그림을 순서대로 살펴 봤다.

반짝이는 듯이 아름다운 노란색을 뽐내는 미모사 그림, 봄기운을 가득 담은 빨 간 튤립밭 그림, 싱그러운 푸른 꽃잎을 가진 아이리스 그림, 정열적인 핑크색 꽃 잎을 가진 아몬드 나무 그림.

"음. 모두 남프랑스의 봄이 생각나는 아름다운 그림이군. 그렇지 않은가? 장, 무슨 일이 있어?"

"낮에도 여기서 이렇게 그림을 봤던 것 같아서…."

"뭔가 기억이 날 것 같은가?"

"네…. 맞아요, 분명 여기에서…."

【기억 시트 15:00의 단락 칸에 385라고 기입】

288
289
290
291

당신은 수납장에서 오일병을 꺼내 라벨을 읽었다. 에센셜 오일은 10종류가 있으며 각 병에는 색과 이름이 적혀 있다.

"그나저나 어떻게 조합하면 되는지 알 수가 없군."

【수수께끼를 풀어서 나타나는 숫자에 해당하는 단락으로】

조합하는 순서대로 숫자를 3개 나열하라.

293 ↳ 138

카일이 랜턴으로 당신의 발밑을 비추었다. 열쇠다.
"조르주 씨가 잃어버린 대장간 열쇠가 아닐까 싶은데?"
카일의 예상대로 주운 열쇠로 대장간 문이 열렸다.

【MAP 1F '대장간'에 190이라고 기입】

294 ↳ 75

남쪽 계단이 불에 타버린 탓에 북쪽 계단을 통해 2층으로 오른다. 소리는 살롱에서 들려오는 듯하다. 로넷의 방 앞 모퉁이를 돈 순간, 누군가 살롱으로 들어가는 것이 보였다.

➡ 살롱으로 들어간다. → 153으로

295 ↳ 275

미레유의 말에 따르면 필립은 서랍 안쪽에 양피지를 숨겨 두었다고 한다.
서랍을 완전히 꺼내 보니 안쪽에 작은 공간이 있고 양피지와 해답 시트가 둥글게 말린 상태로 들어 있다.

【구성품 '해답 시트 3'을 꺼낸다】
➡ 양피지를 살펴본다. → 101로

296 ↳ 65

따분함을 느낀 당신은 조금 전에 도착한 초대손님에게 인사한 뒤 2층에 있는 살롱에 가보기로 했다.
필립의 뒤를 따라 현관 홀로 향한다. 마침 목욕을 마친 미레유가 동쪽 문을 열고 2층으로 올라가는 소리가 들린다.
현관 홀에서는 필립이 크리스핀 신부와 폴라 수녀를 맞이하고 있다. 당신은 두 사람과 가볍게 인사하고 현관 홀의 서쪽 문을 통해 남쪽 계단으로 향했다.

【기억 시트 17:00의 메모 칸에 '정원 문을 잠근 후, 크리스핀, 폴라 도착'이라고 기입】

시간을 바꾸려면 시계 측면에 있는 구멍에 특수 열쇠를 꽂아야 한다. 공구를 사용해 억지로 돌리면 내부의 섬세한 태엽이 망가져 버릴지도 모른다.

당신은 방안에 놓여 있는 소파에 몸을 기댔다. 카일은 검지를 세우고 방안을 빙글빙글 맴돌며 이야기하기 시작했다.

"그럼 장, 지금까지 밝혀진 걸 정리해 보자고. 상황을 파악해 두는 것이 사건을 해결하기 위한 지름길이니까.

먼저 필립에 대해 이야기해 보도록 하지. 그의 시신에는 정원에 피어있는 꽃잎이 붙어 있었다. 그 꽃잎은 범행 당시에 범인의 몸에서 필립의 몸으로 옮겨붙은 모양이고. 초대손님이 각자 도착한 후 17시에 정원 문이 잠길 때까지 누가 정원으로 나갔는지 밝혀내는 것이 중요하겠군!

그리고 필립은 며칠 전 북쪽 숲에서 무언가를 보고 난 뒤 왠지 모르게 이상해졌다는 정보도 있다.

다음으로 조르주 씨에 대해 이야기해보자고. 그의 유서는 위장된 것이었다. 필립과 마찬가지로 오른쪽 옆구리에 의문의 문자가 새겨져 있던 것으로 보아, 동일범의 소행으로 보인다.

그리고… 네가 갖고 있는 펜던트에 대해서도 아직 의문이 풀리지 않았지.

유물에 대해서 말하자면…, 우리는 지하로 통하는 문을 발견했다! 음. 하지만, 어떻게 여는지는 알아내지 못했어. 지하에 유물이 있을 것 같은 느낌이 조금씩 드는군. 너도 그렇게 생각하지? 유물을 찾기 위해서는 양피지를 먼저 찾는 것이 효율적일 거라는 생각이 드는데.

그리고… 유물을 찾기 위해서는 세 가지 도구가 필요하다는 사실도 알아냈어. 그중 하나인 '춤추는 인형'은 손에 넣었다. 이제 남은 도구는 두 개다.

음, 생각보다 순조로운 것 같군! 그리고 동쪽 문이 열렸으니 2층으로 올라갈 수 있겠어. 초대손님을 탐문한 뒤에 필립의 방도 수색해 보자고. 사건을 해결할 만한 실마리가 있을지도 모르니까 말이야.

그럼, 장. 수사를 이어가볼까!"

299 ➦ 388

"**하**이힐이에요! 미레유 씨의 발끝을 보다가 생각났어요. 그 테이프에 녹음되어 있던 딸깍하는 소리는 하이힐 소리라고요!"

"뭐? 그… 그래 좋아, 다시 한번 테이프를 들어 보자고."

카일은 녹음기 재생 버튼을 눌렀다. 데이비드의 비명이 흘러나온 후 얼마의 시간이 흐르자 딸깍, 딸깍하는 소리가 들린다.

"이상한데…? 아무래도 틀린 것 같군…."

"음. 그렇게 들리기도 하지만, 만약 하이힐 소리라면 멀어져가는 듯이 점점 작은 소리가 나지 않을까 싶네만?"

"그렇겠네요…."

"미레유 씨의 다리에 넋을 잃고 그만 실수를 저지르다니 걱정이 태산이구먼…. 아이코, 농담일세."

297
298
299
300
301

300

하얀 돌벽이 사방을 에워싸고 정면에 보이는 벽에는 촛대가 2개 튀어나와 있다. 입구 외에는 창문조차 보이지 않는다.

중앙에 목제 책상 하나가 놓여있을 뿐, 텅 빈 공간이다.

책상 위에는 종이 한 장이 놓여 있고 바닥에는 양피지와 해답 시트가 떨어져 있다.

【구성품 '해답 시트 5'를 꺼낸다】

➡ 양피지를 줍는다. → 147로

➡ 책상 위에 놓인 종이를 읽는다. → 420으로

➡ 촛대를 조사한다. → 78로

301 ➦ 269

문손잡이를 제대로 돌리자 무언가 풀리는 소리와 함께 문이 열렸다.

【MAP 2F '살롱'에 230이라고 기입】

당신은 방안에 놓여 있는 소파에 몸을 기댔다. 카일은 파이프 담배를 한 손에 들고 방안을 빙글빙글 맴돌며 이야기하기 시작했다.

"좋아, 장. 지금 상황을 정리해 보자고. 상황을 파악해 두는 것이 사건을 해결하는 데 지름길이 될 테니까.

우선, 조르주 씨의 시신이 거실에 있는 《최후의 만찬》 앞에서 발견된 시간이 20시 30분경이었다. 사인은 독극물에 의한 질식사. 근처에 있는 원형 테이블 위에서 유서로 보이는 종잇조각도 발견되었다. 필적은 틀림없이 조르주 씨의 것이라고 네가 증언했고.

그리고 23시. 너는 괘종시계의 방에서 눈을 떴고 눈앞에는 필립이 죽어 있었지. 필립 씨는 칼에 복부를 찔렸고 옆구리에 'Lema'라는 의문의 문자가 새겨져 있었다.

불과 세 시간 남짓 흐르는 동안 두 사람이 죽었어.

게다가 두 사람 모두 유물을 찾고 있던 사람이고. 이 사건은 유물과 관련되어 있을 가능성이 매우 높지. 우리도 유물을 찾다 보면 그들이 왜 죽어야만 했는지 알게 되지 않을까 싶네만.

그리고 네 주머니에 들어 있던 펜던트 말이야. 그건 대체 누구의 것일까?

우선 초대손님들을 상대로 탐문수사를 시작하는 게 좋겠어. 그리고 다시 현장에 가 보는 것도 중요하겠지.

유물에 관해서는 양피지와 해답 시트가 총 5장씩 있는 것 같고. 연구 자료실에 가면 무슨 단서를 찾을 수 있을지도 모르겠군.

지금 시점에 사건과 관련해서 밝혀진 건 여기까지다.

그럼 장, 수사를 이어가볼까!"

"신부님은 담배를 즐기십니까?"

"아니요. 담배는 피우지 않습니다."

"그런데 결국 할아버지는 유물을 찾은 건가요?"

"응. 하지만 조르주는 나에게도 필립에게도 그 유물을 보여주지 않았지.

며칠 전, 필립은 북쪽 숲으로 갔고 그때부터 완전히 다른 사람이 되어 버렸어…. 필립과 조르주는 격하게 대립했었어. 내가 저택에 왔을 때 필립이 조르주에게 유물 발표를 취소하라고 협박하고 있었고 내가 필립을 말리자 그는 무서운 눈으로 나를 보며 나가, 두 번 다시 찾아오지 마, 라며 소리쳤지….

나는 다시 고독함에 빠지고 말았어. 그때의 고독함은 아버지가 병을 앓다 돌아가셨을 때의 고독함과 전혀 비교되지 않을 정도였어. 이제 죽는 게 나을지도 모르겠다는 생각까지 하게 되었지.

그래서 필립의 방에서 대량의 두통약을 훔친 거야.

죽을 수 있는 방법은 많았지만, 필립의 약을 먹고 죽고 싶었어. 바보 같지…?

집으로 가서 막상 약을 먹으려 하니 죽음이라는 게 참 무섭더라.

그리고 내 인생을 이토록 망가뜨려 놓은 유물이라는 것에 대체 뭔지 본 다음에 죽어야겠다는 생각이 들었지.

그러다가 며칠 후, 조르주가 보낸 초대장이 도착한 거야.

그리고 만찬회에서 발표를 취소하고… 조르주가 죽었을 때는 필립이 죽인 게 아닌가 하는 생각 때문에 무서웠어. 그런데 필립도 뒤따라 살해되었고 나는 이게 어떻게 된 영문인지 도무지 이해가 안 돼….”

➡ 단서 **토** 가 있는 경우 → 304 + 지시 번호 **토**

302
303
304
305

305

16:30

“정원에 있는 꽃을 보고 있었습니까?”

“네, 지금 딱 만개할 시기이니까요.”

“나도 보긴 했습니다. 조금 더 느긋하게 감상하고 싶었는데 갑자기 빗방울이 굵어지는 바람에.”

“아쉽게 되었네요.”

당신은 두 사람에게 인사하고 거실로 들어섰다.

거실 중앙에는 12명이 앉을 수 있는 커다란 원형 테이블이 있으며 난로 위에는 황금색으로 빛나는 돌이 놓여 있다. 정면 벽에는 레오나르도 다 빈치의 《최후의 만찬》이 걸려 있다. 물론 레플리카이긴 하지만, 세로 약 2m, 가로 4m 이상의 화폭으로 존재감이 넘친다. 거실 남쪽 벽 구석에도 그림이 걸려 있다.

➡ 남쪽에 걸린 그림을 보았던 기억을 생각해낸다. → 211로

➡ 난로 위의 돌을 보았던 기억을 생각해낸다. → 372로

306 ↪ 380

지도를 보면 이 벽 반대쪽에 숨겨진 방이 있는 것 같다. 하지만, 돌벽은 꿈쩍도 하지 않는다.

마침 당신 머리 정도의 높이에 두개골이 박혀 있다. 입속을 자세히 살펴보니 작은 돌이 벽에서 튀어나와 있다.

➡ **입속으로 손을 넣어 작은 돌을 눌러본다. → 394로**

307 ↪ 5

카일과 제레미는 당신이 떠돌이 광대의 방에 숨어 있다는 사실을 눈치채지 못하고 복도를 향해 달려갔다.

한숨을 내쉬고 방을 나가려던 순간, 누군가 당신의 팔을 붙잡았다.

뒤를 돌아보자 폴라가 서 있다.

"장, 참회하도록 해요."

"노…, 놓아주세요! 저는 아니라고요!"

폴라에게서 벗어나려는 사이에 당신을 뒤쫓아온 카일과 제레미에게 체포되어 수브니르의 파수꾼으로 구속되었다. 갇혀있는 방 안에서 당신은 잃어버린 기억을 되찾기를 포기하고 어느덧 자신이 범인이라고 생각하게 되었다.

GAME OVER

308 ↪ 282

"그래, 이게 좋겠어."

"그럼 빨리 화랑에 걸도록 하자고."

카일은 그림을 가지고 나갔다.

【단서 **더**에 '그림 추가', 지시 번호 **더**에 8이라고 기입】

309 ↪ 290

당신은 방안에 놓여 있는 소파에 몸을 기댔다. 카일은 라이터로 담배에 불을 붙인 뒤, 방안을 빙글빙글 맴돌며 이야기하기 시작했다.

"그럼 장, 지금까지 밝혀진 걸 정리해 보자고. 상황을 파악해 두는 것이 사건을 해결하기 위한 지름길이니까.

우선, 범인은 데이비드 씨를 살해한 다음 무심코 담배를 피웠어! 증거를 은멸하려고 했던 거로 봐서 위장 작전이 아니라 진짜 흡연자겠지. 살아 있는 초대손님은 모두 친분이 깊지 않은 사람들뿐이야. 흡연자인지 어떤지는 거짓말을 하면 금세 탄로 날 테니까 본인에게 직접 물어보는 게 좋겠군.

장, 요컨대 3건의 살인사건의 범인 조건은 다음 세 가지다.

첫 번째! 정원에 나간 적 있는 인물.

두 번째! 두통약을 소지하거나 처방받은 인물.

세 번째! 흡연자.

이 세 가지 조건에 부합하는 사람이 바로 범인, 수브니르의 파수꾼인 거지. 힘겨웠던 우리의 수사가 곧 결실을 볼 차례다!"

【용의자 리스트의 범인 조건에 해당하는 사람에게 ○를 표시할 것. 모두 채워지면 범인 조건 1, 2, 3에 표시된 ○의 개수를 각각 곱한 숫자에 해당하는 단락으로】

310

당신은 2층에 있는 로넷의 방에 왔다. 이 방은 저택에서 살며 집안일을 도맡아 하는 로넷을 위해 조르주가 준비한 방이다.

➡ 시간 경과 **2**가 있는 경우 → 310 + 지시 번호 **2**
➡ 시간 경과 **3**이 있는 경우 → 310 + 지시 번호 **3**
➡ 시간 경과 **4**가 있는 경우 → 310 + 지시 번호 **4**

306 307 308 309 310 311

311 ↪ 193

"조르주 씨가 정말 유물을 발견했는지 어떤지는 알 수 없지만, 꽤나 중요한 단서를 찾은 모양이었어. 세 가지 도구가 뭐라고 했던 것 같은데. 그리고 안경에 대한 말도 했었지…. 어찌 됐든 나는 고고학적 가치는 관심 없어. 오래되고 아름답지 않은 물건은 그저 잡동사니에 불과하다고. 유물이 훌륭한 예술품이라면 이야기는 달라지겠지만 말이야."

왼쪽 가면이 천칭 위에 올려져 있다.

➡ 왼쪽 가면을 천칭에서 내린다. → 113으로

➡ 오른쪽 가면을 천칭에 올린다. → 86으로

➡ 처음부터 다시 한다. → 8로

당신은 방안에 놓여 있는 소파에 몸을 기댔다. 카일은 뒷짐을 지고 방안을 빙글빙글 맴돌며 이야기하기 시작했다.

"그럼 장, 지금까지 밝혀진 걸 정리해 보자고. 상황을 파악해 두는 것이 사건을 해결하기 위한 지름길이니까.

우선…, 유감스럽게도 또 다른 희생자가 나오고 말았다. 데이비드 씨 말이다. 그는 살롱에서 십자가에 매달린 상태로 죽어 있었지. 오른쪽 옆구리에 새겨져 있던 문자는 앞의 두 사건의 필적과 같았다.

네가 갖고 있던 펜던트는 조르주 씨가 범인에게서 빼앗은 것이라 봐도 좋겠지. 그리고 펜던트 속에는 두통약 캡슐이 들어 있었고. 구하기 힘든 것은 아닌 모양이지만 의사의 처방 없이는 사기 힘든 약인가 보더군. 용의자의 범위를 좁힐 수 있는 단서가 될 거야!

그리고 똑같은 캡슐을 필립의 방에서 도난당했다는 사실을 알게 되었다. 캡슐을 훔친 인물도 용의선상에 오르겠지만 왜 훔쳐야 했는지에 대해서는 아직 밝혀지지 않았어. 그리고 조르주 씨가 삼킨 것은 독약이었다. 두통약은 대량으로 먹여야만 하니까 살해 목적으로는 쉽게 쓸 수 없을 테지.

다음으로 유물에 대해서 이야기해보도록 하자. 유물을 찾기 위해 필요한 두 번째 도구 '4장의 카드'를 손에 넣었어. 그리고 번뜩이는 내 아이디어로… 지하로 이어지는 문을 열었지! 그 수상한 분위기로 봐서는 틀림없이 유물은 그곳에 있다!

그럼, 장. 수사를 이어가볼까!"

"……."

"응? 무슨 일 있는가? 뭔가 틀린 게 있는 건가?"

"아, 아니요. 아무것도 아닙니다."

당신은 필립의 살해 현장을 떠올린 사실을 카일에게 말하지 않았다.

314 ↱ 111

당신은 클로드에게로 몸을 던졌다. 클로드는 당황한 기색도 없이 쿵후 자세를 취하고 당신이 오기를 기다렸다. 강력한 돌려차기가 옆구리를 강타하자 당신은 정신을 잃고 쓰러졌다.

"감히 나에게 덤비다니, 애송이로군!"

당신은 체포되어 수브니르의 파수꾼으로 구속되었다. 갇혀있는 방 안에서 당신은 잃어버린 기억을 되찾기를 포기하고 어느덧 자신이 범인이라고 생각하게 되었다.

GAME OVER

315

17:30

남쪽 계단을 두세 칸쯤 올랐을 때, 필립이 당신을 불러세웠다.

"장. 조금 전에 말한다는 걸 깜빡했는데 말이야…."

필립이 여느 때와는 달리 진지한 얼굴로 운을 뗐다.

"실은 말이지, 며칠 전에 방 안에 있는 약품 선반에 넣어둔 두통약이 대량으로 사라져버렸어…."

"두통약?"

자세히 들으니 사람 한 명쯤 죽기에 충분한 양이라고 한다.

"아직 아무에게도 말하지 않았어. 조르주에게도, 사설탐정 카일에게도 말이야."

"짐작 가는 곳은?"

"전혀 없다네."

"혹시…."

"뭔가 짚이는 게 있는 거야?"

"…아니야, 주의를 기울일 필요가 있겠군."

당신은 그렇게 말하며 계단을 올라갔다.

남쪽 계단 벽에는 액자 속에 담긴 수많은 엽서가 걸려 있다. 그중에 기이한 기호가 늘어서 있는 엽서가 있다. (다음 페이지 참고)

【기억 시트 17:30의 메모 칸에 '남쪽 계단에 장식된 기호'라고 기입】

➡ 살롱에 갔던 기억을 생각해낸다. → 89로

312
313
314
315

316 ↪ 140

원형 테이블 위에는 꽃병이 놓여 있고 그 옆으로는 작은 종잇조각이 떨어져 있다. 조르주가 송별 인사를 써둔 종이다.

"…이건 네가 갖고 있는 게 좋겠군."

카일은 종잇조각을 주워서 당신에게 건넸다.

【단서 **파**에 '유서', 지시 번호 **파**에 15라고 기입】

➡ 단서 **러**가 있는 경우 → 316 + 지시 번호 **러**

317 ↪ 241

"예전에 유물을 발견하기 위한 단서를 모두 모았다며 기뻐하셨죠?"

"음."

"보여주실 수 있을까요?"

"…그러지."

조르주는 해묵은 도톰한 천을 꺼내서 당신에게 건넸다. 그것은 동물 가죽을 얇게 펴서 글이나 그림을 쓸 수 있도록 가공한 것이었다. 양피지라고 부른다고 했다.

"이런 것이 총 5장 발견되었지. 그 양피지는 '해답 시트'라고 부르는 반투명한 종이와 짝을 이루고 있단다. 양피지에 적힌 수수께끼와 이 해답 시트가 유물을 발견하기 위한 실마리가 될 거야."

➡ 양피지를 보았던 기억을 생각해낸다. → 180으로

318 ↪ 310

문을 두드리자 방 안에서 겁에 질린 로넷의 목소리가 들렸다.

"누…, 누구신가요?"

"실례합니다, 장이에요. 카일 씨도 함께 있습니다."

"로넷, 잠시만 이야기를 들었으면 하는데 괜찮을까?"

천천히 문이 열리더니 로넷은 당신과 카일을 방으로 들였다.

"잠시 실례 좀 하지."

➡ 저택에 대해서 물어본다. → 32로

➡ 북쪽 숲에 대해서 물어본다. → 96으로

319 ↪ 358

"**3**가지 도구에 대해서 두 사람은 어떤 이야기를 했습니까?"

"3가지 도구는 '춤추는 인형', '4장의 카드', '해골 피리'를 말하는 거야…. 그것 말고도 몇 가지 더 필요한 도구가 있는 모양이지만…. 이 저택에는 다양한 태엽이 있고 그 도구가 숨겨진 곳에는 위험한 함정도 있다고 했어…."

"위험한 함정이라…."

"저택 지하에는 땅을 파서 만든 함정이 있는데 그 지하 동굴이 북쪽 숲까지 이어져 있다는 소문도 있어…. 누가 그런 쓸데없는 걸 만드는지 모르겠지만…."

320

필립의 방은 의사의 방답게 청결하고 물건은 깔끔하게 정돈되어 있다. 남쪽 벽에는 약품 선반, 책꽂이, 낡은 수납장이 늘어서 있고 방 안쪽에는 침대가 있다. 창가의 책상 위에는 일지가 놓여 있다.

➡ 책상 위의 일지를 살펴본다. → 73으로

➡ 약품 선반을 조사한다. → 275로

➡ 낡은 수납장을 조사한다. → 141로

321 ↪ 167

"**프**랑스는 어딜까?"

당신은 지구본을 돌렸다. 그러자 지구본 안에서 달그락하는 소리가 들렸다. 카일과 당신은 서로를 바라보았다.

"뭐지? 지금 난 소리는…."

➡ 더 돌린다. → 54로

322 ↪ 440

데이비드는 당신에게 《디너의 마무리》라는 낡은 책을 건넸다.

"저자를 한번 보라고."

"저자가… 기욤 베리파스토…."

"아까 이 방에서 발견했다. 유물과 관련되어 있을지도 모른다는 생각에. 나도 젊은이들에게 지고만 있을 수는 없지 않은가. 유물을 찾아서 조르주의 무덤에 바칠 생각이네!"

책에는 와인과 주스 등 요리에 관한 식자재가 적혀 있다.

"어디선가 본 적이 있는 것 같은데…"

【단서 **서**에 '디너의 마무리', 지시 번호 **서**에 9라고 기입】

323 ↱ 270

"**분**명 필립이 이 근처에 총알을 두었는데…"

신발장 아래를 들여다보니 작은 상자가 있다. 그 속에는 납 총알이 가득 들어있다.

【단서 **타**에 '납 총알', 지시 번호 **타**에 7이라고 기입】

324 ↱ 116

"**최**근, 그 두 사람에게 조금 이상한 점이 없었습니까?

"…아니요, 저는 근래 2주 정도 휴가를 다녀왔거든요…. 그런데 두 사람 모두 여러분에게 초대장을 보내기 며칠 전부터 방에 틀어박혀서 나오지 않는 일이 많았어요. 그전까지는 주로 두 사람이 연구 자료실에서 조사를 했었고요."

325

12:00

어두운 숲속 언덕길을 한 시간 정도 오르자 갑자기 시야가 트이며 오래된 목제 골조의 가옥이 눈에 들어왔다. 당신의 할아버지, 조르주의 저택이다.

무거운 목제 문을 열고 현관으로 들어선다. 현관 홀 정면에 장식되어 있는 기이한 모양의 가면이 당신을 맞이한다. 저택 내부는 어두침침하고 고요하다.

현관 홀로 들어서서 서쪽에 있는 문을 열었다. 정면에는 2층으로 이어지는 계단이 있고 북쪽으로는 복도가 T자형으로 갈라져 있다. 왼쪽은 별관으로 이어진다.

"아무도…, 없는 건가? 하지만, 현관은 열려 있었는데."

T자 복도 정면에는 하늘에 기도하는 한 여인이 그려진 그림이 걸려있다.

"잘 왔다, 장."

어느샌가 복도 모퉁이에 조르주가 서 있다.

"할아버지! 초대장을 보내주셔서 고맙습니다. 드디어 유물을 찾으셨군요."

당신의 할아버지는 의문의 인물이 숨겼다고 전해지는 '유물'을 찾기 위해 이 저택에서 조사하고 있다. 그리고 며칠 전, 당신에게 배달된 것은 유물 발견을 축하하는 만찬회 초대장이었다. 그러나, 조르주는 근심 가득한 표정으로 바닥을 보고 있을 뿐이었다.

"무슨 일 있으세요? 안색이 좋지 않은데요…"

"아니야, 아무것도 아닐세. 먼 길 오느라 힘들지?" "로넷~!"

조르주는 2층을 향해 가정부의 이름을 불렀지만 아무런 대답이 없다.

"아 참, 그녀는 오늘 낮까지 휴가를 쓴다고 했었지."

"괜찮아요, 신경 쓰지 마세요. 필립은요?"

"필립은 사냥하러 갔단다. 제레미 셰프도 아침에 급히 외출했어. 깜빡하고 못 산 식재료를 사러 간다지 아마."

"그렇군요. 다른 손님은요?"

"네가 처음이다. 모두 14시 이후에나 올 예정이지. 자, 이 방을 쓰도록 해라. 저녁 식사를 할 때까지 편히 쉬어도 좋단다."

【기억 시트 12:00의 메모 칸에 '장 도착/복도에 걸린 그림'이라고 기입】

326 ↪ 158

"**가**르쳐 주세요. 세면대 앞에서 저와 무슨 이야기를 했죠? 분명 그 이야기를 들으면 무언가 생각이 날 거예요."

"보나 마나 쓸데없는 잡담이겠지. 그런 이야기까지 기억하고 있지는 않아. 그럼 이 이야기는 그만할까? 이 숨겨진 방에도 유물은 없지 않았는가?"

카일이 바짝 다가오자 당신은 흠칫 놀라 뒤로 물러났다. 발뒤꿈치가 부딪치자 등 뒤에 있던 책상이 넘어졌다.

이와 동시에 당신 발밑에서 무언가 삐걱대는 소리가 들리기 시작했다.

소리는 점점 커지더니 갑자기 멈췄다.

"함정…."

"위험해!"

바닥이 둘로 갈라지기 바로 직전 카일이 당신을 밀쳤다. 뒤돌아보자 카일의 모습은 온데간데없었다. 황급히 뛰어가 구멍 안을 들여보았다.

"카일 씨!"

"자…, 장…."

카일은 구멍 아래에서 겨우 벽돌 사이에 손을 집어넣고 버티고 있었다.

"지금 구해 드릴게요!"

혼신의 힘을 다해 손을 뻗었지만, 손이 닿지 않았다.

"힘이 버틸 수 없어. 이젠 틀렸어…!"

"금방 다른 사람을 불러올게요!"

"아니야, 장… 나는 만족한다네. 조금 더 조심했더라면 좋았겠지만 내 인생 마지막에 이런 모험을 할 수 있었으니까. 마을 잡일꾼이었던 내가 마지막에는 진짜 탐정이 된 것 같았지. 네 덕분이야."

"카일 씨…!"

"…그럼 이만."

카일은 마지막 말을 남긴 채 미소 지었다.

"카…!"

떨리는 손은 한계에 달했고 카일은 어두운 구멍 아래로 빨려 들어갔다. 당신은 한동안 멍하니 어둠 속을 들여보았다.

"새… 생각났어. '나는 마을의 잡일꾼이야'라는 말씀…. 카일 씨, 당신은 그때도 그렇게 말씀하셨죠."

당신의 한 기억이 돌아왔다. 그리고 찰나의 광경이 머릿속을 스쳤다.

【기억 시트 19:00의 단락 칸에 335라고 기입】

➡ **찰나의 광경을 생각해낸다. → 3으로**

327 ↪ 316

꽃병을 뒤집어 봤지만, 아무것도 나오지 않는다. 안을 들여다봐도 아무것도 보이지 않는다. 조르주가 떠돌이 광대의 방 열쇠를 숨겨 둔 곳은 이곳이 아닌 모양이다.

328 ↪ 17

시계추 공간의 손잡이를 당기자 삐걱거리는 소리와 함께 문이 열렸다. 안을 들여다보니 시계추 아래에 노란 돌이 놓여 있다.

돌 표면에는 다음과 같이 새겨져 있다.

> Y□LLOW

329 ↪ 310

"**로**넷 씨, 조금 안정이 되었나요?"

"네…. 하지만 강풍 소리가 무서워서…. 창문이 흔들리면 데이비드 씨의 모습이 떠올라요…."

➜ 기욤 베리파스토에 대해서 물어본다. → 227로

➜ 흡연하는지에 대해서 물어본다. → 174로

330

주방은 셰프인 제레미가 사용하기 편리하도록 개조되었다. 스테인리스 작업대와 거대한 냉장고. 업무용 가스레인지와 오븐, 레인지를 비롯해 훈제를 할 수 있는 스모커까지 갖추었다. 단 하나 오래된 선반이 있는데 그 위에는 3개 1쌍의 장식품이 놓여 있다.

싱크대는 만찬회에서 사용한 식기로 넘칠 듯하다.

➡ 오래된 선반을 살펴본다. → 76으로
➡ 선반 위의 장식품을 살펴본다. → 244로

331

당신은 왼쪽 가면을 천칭에 올렸다.

접시가 무게로 인해 기우뚱 기울어짐과 동시에 받침대에서 둔탁한 금속 소리가 들리더니 상자가 열렸다. 그 속에는 탁한 빛을 발하는 놋쇠 향로가 들어 있다.

"장. 이게…, 유물인 건가?"

"글쎄요…, 잘 모르겠네요."

당신은 향로를 열어보려 했지만, 뚜껑이 잠겨 있어 열리지 않았다.

➡ 단서 **노**가 있는 경우 → 331 + 지시 번호 **노**

332 ↩ 225

데이비드의 호통에 몸 둘 바를 모른 당신은 조르주의 방 창문을 통해 정원을 바라보았다.

그러나 바깥은 이미 깜깜해진 탓에 아무것도 보이지 않고 당신의 얼굴과 그 뒤로 멍하니 앉아 있는 조르주 그리고 잔뜩 화가 난 데이비드가 유리창에 비칠 뿐이었다.

빗줄기는 더욱 거세져 있었다. 거기에 바람까지 불기 시작했다. 문득 아래쪽으로 시선을 돌리니 방안의 조명에 비쳐 흰색 돌이 반짝이고 있다. 주의 깊게 살펴보니 돌 표면에는 문자가 새겨져 있다.

```
WHI□E
```

327
328
329
330
331
332
333

333 ↩ 310

로넷은 데이비드의 시체를 발견한 충격이 컸던 탓인지 침대에 누워있었다.

당신과 카일이 찾아오자 로넷은 조금이나마 안심한 듯 보였다. 당신을 의심하는 마음보다 혼자서 방에 우두커니 앉아 있는 쪽이 더 견디기 힘들었으리라.

➡ 데이비드에 대해서 물어본다. → 27로
➡ 시체를 발견했을 때의 상황을 물어본다. → 177로

334 ↪ 201

"이런 상황에서도 한 사람의 신부로서 사람을 믿고 싶습니다. 이게 유물의 저주라거나 수브니르의 파수꾼이 짜놓은 계략이라고 생각하고 싶지는 않지만, 조르주 씨가 조사를 진행함에 따라 뭔가 좋지 않은 일이 일어난 것이 아닌가 하고 저는 형용할 수 없는 불안감을 느끼고 있었지요."

335

19:00

"아니 아니, 나야 뭐… 어차피 마을의 잡일꾼에 불과하니까.

사설탐정이라는 이름만 그럴싸하지 의뢰는 대부분 잃어버린 강아지 찾아주기 정도랄까."

"강아지 찾기라 하더라도 주인에게는 구세주 같은 존재예요."

"고맙군, 장. 탐정이 되어서 큰 사건을 해결하는 것이 어릴 적 꿈이었거든. 하지만 사건은 생기지도 않고 그대로 늙어가게 생겼어. 핫핫핫. 그럼 잠시만 실례!"

카일은 화장실로 들어갔고 당신은 미소지으며 세면대에서 나왔다.

"어디 보자…."

세면대 앞은 이자벨의 방이다. 문손잡이에 손을 얹고 천천히 돌린다. 문은 열려 있다. 아무도 보고 있지 않다는 것을 확인한 후 방안으로 침입한다. 이자벨의 가방은 금방 찾았다.

가방을 열고 안을 뒤진다. 가방 안에는 갈색 약병이 들어 있다.

"역시…, 선생님이 약을 훔친 거야…."

약병을 되찾고 가방을 원래 있던 곳에 되돌려 놓으려던 순간 안쪽 주머니에서 튀어나온 한 장의 사진으로 시선이 향했다. 당신은 사진을 꺼내 들었다.

"이건…."

당신은 이자벨의 방에서 나와 자신의 방으로 돌아간 뒤 되찾은 약병을 가방에 넣었다.

➡ **거실에 갔던 기억을 생각해낸다. → 261로**

336 ↪ 42

"폴라 수녀님, 그날 읽은 동화는 어떤 내용이었습니까?"

"《갇혀있는 미미》라는 이야기예요. 이 마을에 예로부터 전해 내려오던 동화죠. 조르주 씨도 훗날에는 어딘가에서 그 책을 구했다고 들었어요."

"동화를 쓴 저자는 누구인가요?"

"그게…, 분명 기욤이라는 사람이었던 것 같아요. 죄송해요, 풀네임까지는 생각나지 않네요."

【단서 **바**에 '갇혀있는 미미', 지시 번호 **바**에 25라고 기입】

337 ↩ 376

당신은 이자벨이 옮겨 적은 메모를 읽었다. (아래 그림 참고)

【수수께끼를 풀어서 나타나는 숫자에 해당하는 단락으로】

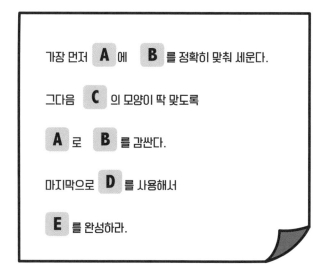

338 ↩ 152

프리랜서 기자인 미레유는 난로 앞에 놓인 스툴에 다리를 꼬고 앉아 턱을 괴고 있다.

그녀는 조르주와 필립의 유물 조사를 활동 초기 단계부터 주목했었고 예전에도 이 저택에 몇 차례 방문해서 취재한 적이 있다.

"미레유 씨. 필립 씨 살해 사건에 대해 뭔가 짐작 가는 게 없을까?"

카일이 말을 걸자 나른한 눈동자로 그를 바라보았다.

"…글쎄요."

"그러니까 예를 들면 수상한 인물이 그의 주변을 맴돌았다거나…."

"…아니요. 평소와 다름없어 보였어요."

미레유는 창밖을 멍하니 바라보고 있다.

➡ 창밖을 바라본다. → 184로

339 ↪ 400

테이블 위에는 동물 모양을 빗대어 만든 3개 1쌍의 장식품이 놓여 있다. 받침대에는 로마 숫자로 'Ⅴ'라고 적혀있다. 각각의 장식품 모양은 다음 세 가지이며, 아마도 별자리와 관련이 있는 것 같다.

> 오리너구리
> 반달가슴곰
> 일곱난쟁이

➡ 장식품 뒤를 살펴본다. → 237로

340

당신은 이자벨의 방 앞에 왔다.

➡ 시간 경과 **1**이 있는 경우 → 340 + 지시 번호 **1**

➡ 시간 경과 **2**가 있는 경우 → 340 + 지시 번호 **2**

➡ 시간 경과 **3**이 있는 경우 → 340 + 지시 번호 **3**

➡ 시간 경과 **4**가 있는 경우 → 340 + 지시 번호 **4**

341 ↪ 263

포기하고 뒤돌아서려는 순간 방안에서 제레미가 소리쳤다.

"당신들이 범인이 아니라면 나는 이자벨을 의심할 수밖에 없어! 그녀가 수브니르의 파수꾼이야!"

"왜 그녀를 의심하는 거지?"

카일은 문 너머로 물어보았지만 제레미는 더이상 아무 말도 하지 않았다.

342 ↪ 421

자료와 책을 대조하니 수수께끼에 숨겨진 숫자가 드러났다.

"으음, 이 숫자에 어떤 의미가 담겨 있는 걸까…?"

"장, 벌써 밤이 깊었지 않은가. 오늘은 이쯤 해두고 일단 잠을 청하는 게 좋겠어. 수사는 내일 이어서 하도록 하지. 하암~."

"그게 좋겠네요. 그럼 이만 제 방으로 돌아가서 쉬도록 하겠습니다."

【단서 어에 '취침', 지시 번호 어에 35라고 기입】

343 ↪ 235

결국, 유물이 무엇인지 밝히지 못한 채 당신은 살롱으로 돌아왔다.

데이비드는 조금 전까지 책을 읽고 있었는데 지금은 흔들의자에 앉아 꾸벅꾸벅 졸고 있다. 클로드는 눈을 감고 담배 연기를 내뿜고 있다. 당신은 의자에 앉아 로넷이 내준 홍차를 홀짝였다. 책을 읽고 있던 크리스핀 신부가 자리에서 일어나 천천히 피아노를 치기 시작했다. 쇼팽의 《빗방울》이다. 신부의 피아노 선율이 차분하여 클로드도 썩 마음에 드는 눈치다. 당신은 읽고 있던 소설의 뒷부분을 읽어내려가기 시작했다.

이자벨이 살롱에 들어와 소파 위에 앉았다. 문이 열려 있던 탓에 신부의 연주가 들렸던 것일지도 모르겠다. 사람들은 만찬회가 시작될 때까지 이곳에서 느긋한 시간을 보내겠지.

당신은 소파에서 여유롭게 쉬고 있는 이자벨에게 시선을 돌렸다.

339
340
341
342
343
344

344 ↪ 178

"장. 혹시 클로드 씨까지…?"

"서…, 설마!"

카일은 문을 쾅쾅 두드리며 소리쳤다.

"클로드 씨! 안에 계십니까? 무슨 일 있는 겁니까? 클로드…."

"참 성가시구먼…."

문이 빼꼼히 열리더니 클로드가 얼굴을 내밀었다.

"클로드 씨, 잠시 시간을 내주셨으면 해서…"

"흥! 분명히 말해 두지. 살인자와는 일절 말을 섞고 싶지 않으니까. 조르주 씨도 타살이라던데 두 사람 모두 네가 죽인 거지? 설마 나도 죽이려고 온 거 아니야?"

➡ 클로드를 때린다. → 162로

➡ 참는다. → 405로

345 ↩ 331

열쇠로 향로를 열자 그 속에는 주문처럼 보이는 문장이 적힌 빛바랜 종이가 들어있다.

"이게 뭐지…?"

【수수께끼를 풀어서 나타나는 숫자에 해당하는 단락으로】

이라서을중미도불동밑미어그에솔라
4×4

346 ↩ 39

카일은 데이비드의 오른쪽 옆구리에 새겨진 문자를 조사하고 있다.

"세 구의 시체에 새겨진 필적은 모두 같은 것 같군."

"네, 그런 것 같아요."

"장, 그 후로 조금 생각해 봤는데…, 그 디너의 마무리에 있던 퍼즐의 숫자 말이야. 지하 문에는 이렇게 적혀 있지 않은가. '최후의 만찬을 즐긴 뒤 이 방의 문을 두드릴 것'이라고. 즉, 그 숫자가 지하 문을 열 수 있는 열쇠라는 거지!"

카일은 그렇게 말하고는 당신을 이끌고 지하로 내려가 문 앞에 섰다.

"준비는 됐는가? 한다? 세 번, 네 번…"

카일이 노크하자 건너편에서 무언가 움직이는 소리가 들리더니 문이 쉽게 열렸다.

"여기는…?"

"지도에는 기도실이라고 적혀 있어요…."

【MAP 지하 '기도실'에 10이라고 기입】

【시간 경과 **3**에 '2시', 지시 번호에 **3**에 23이라고 기입】

【카일의 방으로 가서 수사 상황을 확인할 것】

347 ↵ 253

필립과 마찬가지로 복부가 칼에 찔려 죽은 것 같았다. 오른쪽 옆구리에는 칼로 'Sabachthani'라는 글자가 새겨져 있다.

348 ↵ 340

"이자벨 선생님, 조르주 할아버지도 누군가에게 살해당했다는 것을 알아냈습니다…."

"그럼 두 분 모두…."

입을 막은 이자벨의 손이 가늘게 떨렸다.

➡ 저택에 대해서 물어본다. → 117로

➡ 북쪽 숲에 대해서 물어본다. → 209로

➡ 단서 **머**가 있는 경우 → 348 + 지시 번호 **머**

345
346
347
348
349

349 ↵ 82

"필립을 살해할 때 쓴 것으로 보이는 칼을 본 적 있나요?"

"그건 이 주방에 있던 거라고. 그걸 봤다고 해서 요리를 하는 나를 범인이라고 생각하면 오산이야! 남쪽 계단에 화재가 발생하기 전까지 주방은 누구나 드나들 수 있었으니까."

"그렇겠군…. 흉기로 범인을 특정하는 건 억지스럽겠어."

350

당신은 미레유의 방 앞에 왔다.

➡ 시간 경과 **2**가 있는 경우 → 350 + 지시 번호 **2**
➡ 시간 경과 **3**이 있는 경우 → 350 + 지시 번호 **3**
➡ 시간 경과 **4**가 있는 경우 → 350 + 지시 번호 **4**

351 ↳ 75

"카일 씨, 이상한 소리가 들리는 것 같아요. 일어나보세요."

문을 노크해 보아도 대답이 없다.

"…자고 있나?"

352 ↳ 340

"장. 그녀는 초등학생 시절의 네 선생님이었다지?"

"네, 그랬었죠. 제가 졸업한 뒤 머지않아 도시로 이사를 가버리는 바람에 재회한 것은 10년 만이네요. 할아버지의 유물 조사를 돕고 있었다니, 처음 들은 이야기예요."

노크를 하고 문을 연다. 이자벨은 방안 소파에 기대어 휴식하고 있다.

"이자벨…, 선생님이시죠? 거실에서 눈을 떴을 때, 선생님이 계셔서 놀랐습니다. 그게…, 이 저택에 도착한 이후의 기억이 거의 남아있지 않아서요…."

"어머…, 그랬구나. 그럼 다시 한번 재회의 인사를 나누어야겠네. 장, 오랜만이야."

이자벨은 당신이 초등학교를 졸업하고 도시로 이사한 후에 이 마을에서 있었던 일에 대해 이야기해 주었다. 교사를 그만두고 병을 앓았던 아버지를 간호하며 이 마을에서 살고 있었다고. 작년, 아버지를 여읜 후 조르주와 필립의 유물 조사를 돕기 위해 마을에 전해지는 풍습과 신앙, 전설 등의 정보를 제공하고 있었다고 한다.

이야기를 이어가는 이자벨의 모습이 어딘가 쓸쓸해 보였다. 10년 전, 아이들을 가르치던 시절의 풋풋한 생기는 완전히 퇴색되어 있었다.

➡ 마을의 전설에 대해서 물어본다. → 18로

➡ 수브니르의 파수꾼에 대해서 물어본다. → 124로
➡ 단서 **바**가 있는 경우 → 352 + 지시 번호 **바**

353 ↱ 40

모래시계를 치우고 책 제목을 확인한다.《유다복음》이라 적혀 있으며 책에는 최근에 쓴 듯한 종잇조각이 끼워져있다. 당신은 종잇조각을 주워들고 거기에 적혀 있는 문자를 읽었다.

> 남쪽 계단에 장식된 기호를 초록색 해답 시트에 옮겨 그릴 것.

"…이, 이건 조르주 할아버지의 글자야…!"

354 ↱ 292

당신은 완성한 아로마 오일의 향을 맡았다. 분명 필립이 방에서 자주 태우던 향이다.

아로마 오일 향이 뇌를 자극하여 당신은 잃어버린 기억이 되살아났다.

【기억 시트 22:30의 단락 칸에 355라고 기입】

355

22:30

양손으로 움켜쥔 배에서 새빨간 피가 흘러나온다. 당신 손에는 피가 흥건한 칼이 쥐어져 있다.

"장…, 뒤…를…봐…."

뒤를 돌아보려던 순간, 누군가 당신의 후두부를 강하게 가격했다. 시야가 천천히 기울며 바닥이 가까워진다.

세상의 모든 소리가 들리지 않고 눈앞이 어두워졌다.

당신은 기억을 잃었다.

【단서 **소**에 '누군가', 지시 번호 **소**에 50이라고 기입】
【기억 시트 22:30의 메모 칸에 '기억 상실'이라고 기입】

350
351
352
353
354
355

필립은 복부를 찔려 죽은 것 같았다. 그 옆에는 붉은 피로 물든 칼이 나뒹군다. 앞섶이 벌어져 오른쪽 옆구리가 조금 드러나 있다. 몸에 상처가 남아있는 것 같다. 오른쪽 팔은 힘없이 늘어져 있고 왼손은 배 위에서 가볍게 주먹 쥐고 있다.

➡ 오른쪽 옆구리를 조사한다. → 58로

➡ 주먹 쥔 왼손을 펼친다. → 151로

➡ 시간 경과 **1**이 있는 경우 → 356 + 지시 번호 **1**

☞ 시간이 경과할 때마다 수사 시트에 기입하라는 지시가 나타납니다. 내용을 기입했다면 단서와 마찬가지로 지시 번호를 이용해서 다른 단락으로 갈 수 있습니다.

☞ 시간 경과에 내용이 기입되어 있지 않은 경우, 단서와 마찬가지로 단락 번호를 메모해 두었다가 시간이 경과되면 다시 이 단락으로 돌아올 것을 추천합니다.

주사위를 주워 둥근 테이블 위에다 다시 한번 굴려 보았다. 두 번째도 역시 주사위는 한참을 구르다가 남쪽 벽 앞에서 멈췄다.

"기…, 기분 나빠. 여기는 위험한 방이라고 했잖아?"

카일이 떨리는 목소리로 말했다.

"…마지막으로 한 번만 굴려 봐요."

"어, 어이! 하지 마! 세 번째는 좋지 않은 일이 일어날 것만 같으니까!"

➡ 카일의 말을 무시하고 주사위를 굴린다. → 192로

당신과 카일은 미레유의 방안에 놓여 있는 소파에 걸터앉았다.

"미레유 씨, 조르주 씨도 누군가에게 살해당했다는 사실을 알아냈습니다. 미레유 씨는 두 사람을 취재하는 중이었죠?"

"맞아…. 그런데 무슨 잘못이라도…?"

미레유는 턱을 괴고 있다.

"두 사람이나 유물에 대해서 알고 있는 게 있다면 이야기해주셨으면 합니다."

"그런 뜻이었구나…. 아무 의미 없을 거 같긴 하지만…."

미레유는 짧은 한숨을 내쉰 후 시선을 내리깔고 이야기하기 시작했다.

"취재를 시작했을 때, 두 사람은 사이좋은 부자지간처럼 보였어…. 유물을 찾으려면 5장의 양피지와 해답 시트, 그리고 3개의 도구가 필요하다고 말했었지…."

➡ 3가지 도구에 대해서 물어본다. → 319로

➡ 양피지에 대해서 물어본다. → 271로

➡ 다른 초대손님에 대해서 물어본다. → 386으로

359 ↪ 340

숨겨진 방에서 의식을 잃고 쓰러진 이자벨은 방으로 옮겨져 침대 위에 누워 있다. 상당히 무거운 정신적 스트레스와 피로가 누적된 모양이다.

➡ 단서 **초**가 있는 경우 → 359 + 지시 번호 **초**

360 ↪ 74

4장의 카드가 꼭 들어맞았어. 그렇다면 이 지도도 유물과 연관된 단서인 건가?"

완성된 마을 지도를 보니 그 당시에는 이 저택과 주일 예배당 사이에 길이 연결되어 있지 않았던 모양이다.

"응접실…, 마을 지도…."

"장, 무슨 일 있는 건가?"

"뭔가…, 생각이 날 것 같아요. 이 방에 있었던 기억이…."

【기억 시트 15:30의 단락 칸에 175라고 기입】

361 ↪ 48

책 수납장에서 파란 책 12권을 모두 꺼내 순서대로 겹쳐서 벽 앞에 놓인 테이블 위에 쌓았다. 그러자 테이블 뒤에서 무언가가 바닥에 떨어졌다. 카일이 몸을 굽혀 떨어진 것을 주웠다.

"이건… 안경인데?"

"안경테에 글자가 새겨져 있어요…."

당신은 글자를 읽었다.

356 357 358 359 360 361

장식품 뒤를 볼 것

【단서 **모**에 '신기한 안경', 지시 번호 **모**에 30이라고 기입】

362 ↪ 85

볼일을 끝낸 뒤, 세면대에서 손을 씻는다. 거울 앞에는 동물 모양을 빗대어 만든 3개 1쌍의 장식품이 놓여 있다. 받침대에는 로마 숫자로 'VI'라고 적혀 있다. 각각의 장식품 모양은 다음 세 가지이며, 아마도 별자리와 관련이 있는 것 같다.

얼룩무늬토끼
하얀무늬기린
오색딱따구리

장식품을 살펴보고 있는데 문이 열리더니 카일이 세면대로 들어왔다.

"이야! 장. 파티가 시작되기 전에 옷매무새라도 확인하는 건가?"

"네, 그런 셈이죠. 주방에서 좋은 냄새가 나네요. 파티가 시작되면 카일 씨가 과거에 활약했었던 사건을 꼭 듣고 싶어요."

"내 이야긴 별거 없는데…"

363 ↪ 340

"이자벨 선생님, 장이에요. 안에 계신가요?"

문밖에서 그녀의 이름을 불러보아도 대답이 없다. 카일이 문을 두드려 보았지만, 이 역시도 반응이 없다.

"서…, 설마…?"

당신은 이마 위로 땀이 흥건히 흘러내리는 것을 느꼈다.

➡ 방으로 들어간다. → 47로

➡ 문 앞에서 기다린다. → 164로

364 ↪ 435

당신은 아로마 오일에 관해서 쓰인 낡은 책을 손에 들었다.

오일의 종류, 효능, 조합 방법 등이 적혀 있다. 당신은 이따금 아름다운 삽화에 시선을 빼앗겼다. 하지만 신기하게도 마지막 몇 장에는 아무런 내용도 적혀있지 않다.

"파본인가? …이건 하권이고…."

책꽂이를 찾아봐도 상권은 보이지 않는다.

➡ 단서 **보** 가 있는 경우 → 364 + 지시 번호 **보**

365 ↪ 431

장식품을 뒤집어 뒷면을 살펴봤지만, 아무것도 발견할 수 없었다.

➡ 단서 **모** 가 있는 경우 → 365 + 지시 번호 **모**

366 ↪ 100

둥근 테이블 위에는 보드게임처럼 보이는 판과 주사위, 작은 왕관, 매사냥 도구 등이 무질서하게 놓여 있다.

➡ 작은 왕관을 써 본다. → 94로

➡ 주사위를 굴린다. → 172로

362
363
364
365
366
367

367 ↪ 64

"유다는 병사를 이끌고 예수와 사도들이 모여 있는 장소를 찾아왔다. 그리고 예수가 누구인지 병사들에게 알리기 위해서 예수에게 입맞춤을 하고 신호를 보낸 거지."

"그럼 병사들은 예수의 얼굴을 몰랐다는 말씀이군요? 만약 입맞춤을 한 사람이 다른 사람이었다 하더라도 알 수 없었겠네요."

➡ 십자가 형벌에 대해서 물어본다. → 256으로

368 ↱ 356

"**장**, 이건 뭘까? 허가증 같기도 하고⋯."

필립 주머니에서 명함처럼 생긴 카드가 흘러나왔다. 주워서 자세히 살피니 무언가의 허가증처럼 보이지만 피로 물들어 있어 무엇이라 적혀 있는지는 알 수 없다.

➡ 단서 **사**가 있는 경우 → 368 + 지시 번호 **사**

369 ↱ 350

"**아**까 크리스핀 신부가 무언가를 찾고 있었어⋯. 밤중이기도 하고 분위기도 흉흉하니 잃어버린 게 있으면 나중에 찾아도 될 텐데⋯. 아무 소용없다고⋯."

미레유는 그렇게 말하며 담배에 불을 붙였다.

➡ 유물 조사에 대해서 물어본다. → 26으로
➡ 단서 **모**가 있는 경우 → 369 + 지시 번호 **모**

370

2개의 낮은 테이블을 사이에 두고 2인용 소파가 마주 보고 있다.

테이블에는 꽃병이 올려져 있고 천장에는 은방울꽃 모양의 조명 2개가 매달려 있다.

부드러운 크림색 벽과 칠흑색 기둥이 차분한 분위기를 자아낸다.

➡ 소파를 살펴본다. → 163으로
➡ 동쪽 벽을 조사한다. → 52로
➡ 서쪽 벽을 조사한다. → 213으로
➡ 단서 **러**가 있는 경우 → 370 + 지시 번호 **러**

371 ↱ 82

카일은 제레미에게 물었다.

"필립의 시신을 봤을 때, 수브니르의 파수꾼이 어쨌다는 둥, 그런 말을 했었죠?"

"그래! 저주받은 것을 무턱대고 찾는 사람은 수브니르의 파수꾼이 죽인다고 했다고!"

"그건 무슨 이야기인가요?"

"…그 이야기를 듣고 싶으면 이자벨에게 묻는 게 좋을 거야."

제레미는 그렇게 말하며 기분 나쁜 미소를 지었다.

372 ↪ 305

거실 난로 위에는 황금색으로 빛나는 돌이 놓여 있다. 광택은 훌륭하지만 진짜 금은 아닌 모양이다.

돌 표면에는 어떤 문자가 새겨져 있다.

G□LD

373 ↪ 350

또 다른 희생자가 나왔다는 말에도 미레유는 포커페이스를 잃지 않았다.

하지만, 희미하게 손가락이 떨리는 탓에 라이터 휠을 돌리지 못해 담뱃불을 붙이기 위해 꽤 애쓰고 있다.

➡ 기도실과 열리지 않는 방에 대해 물어본다. → 84로

➡ 데이비드 살해에 대해서 물어본다. → 156으로

➡ 단서 **키**가 있는 경우 → 373 + 지시 번호 **키**

368
369
370
371
372
373
374

374 ↪ 368

"제레미 씨도 말한 적이 있는데 필립의 취미는 사냥이었어요. 이건 수렵허가증이 아닐까 싶은데요. 저도 몇 해 전에 할아버지와 필립, 데이비드 아저씨와 함께 사냥하러 간 적이 있었죠…."

그 순간 갑자기 당신은 극심한 두통을 느꼈다.

"으으…."

"장, 왜 그래…?"

"…머리가 아파서…. 뭔가 생각날 것 같아요…."

【수수께끼를 풀어서 나타나는 숫자에 해당하는 단락으로】(다음 페이지 참고)

4

4인 1팀으로 사슴 사냥에 나섰다.
사슴을 모두 잡고 싶은데 라이플 탄이 3발, 칼이 3개뿐이다.
각 도구는 사정거리가 있으며 그 이하든 그 이상이든 사냥감을 맞힐 수 없다.
사정거리를 표시한 도구는 이 책 어딘가에 숨어 있다.
어떤 인물이 어떤 사슴을 잡았을까?
잡은 사슴과 사람을 직선으로 연결하라.

375

16:00

필립은 현관 홀에 있는 신발장 아래에 총알과 사냥 도구를 두었다.

"장! 벌써 와 있었구나!"

"필립, 벌써 16시라고. 제법 늦었군."

"하하하! 미안하군 그래. 오늘 디너를 생각하면 빈손으로 올 수 없으니 시간 좀 끌었지. 그런데…, 성과는 보는 바와 같이 대실패야!"

필립은 양팔을 벌려 보이며 너스레를 떨었다.

"오랜만이야, 필립."

"그러게 말이야. 벌써 반년 정도 못 만나지 않았나? 이야깃거리가 많지만 우선 사냥복을 갈아입는 게 좋겠어."

"그래. 그럼, 이따가 보자고. 거실에 있을 테니까."

필립은 동쪽에 있는 문을 열고 2층 방으로 올라갔다.

【단서 **카**에 '총알이 있는 곳', 지시 번호 **카**에 53이라고 기입】

➡ 거실에 갔던 기억을 생각해낸다. → 106으로

376 ↪ 304

"**유**물은 성해포라고 부르는 천인 것 같아요. 그 천이 발견되면 황당무계한 '부활의 음모'를 입증할 증거가 되죠. 필립은 그 천이 발표된 후에 이 세상이 혼란 속에 빠질 것을 염려하는 마음에 할아버지와 충돌한 게 아닐까요?"

"필립은 북쪽 숲에서 수브니르의 묘지를 보고 그 사실을 알게 된 거구나…?"

"아마도요. 그리고 필립에게는 같은 생각을 하던 공범이 있었을 거예요. 아니…, 공범이라기보다 필립을 이용한 진짜 범인이라고 하는 게 맞겠죠. 조르주 할아버지를 죽인 다음, 필립의 입을 막으려고 진짜 범인은 필립을 죽인 거예요. 데이비드 아저씨도 유물에 너무 가까웠던 게 아닐까 싶어요.

조르주 할아버지의 몸에 새겨진 글자는 필립을 죽인 다음에 진짜

범인이 새긴 거고요. 살해했던 상황을 그리스도의 일화에 빗대어서 같은 필적을 몸에 남김으로써 3건의 살인 사건 모두가 동일범의 소행이라고 혼란을 주려던 계획이었을 거예요.

이자벨 선생님, 선생님도 유물에 관한 단서를 알고 있던 게 아니었나요? 왜 지하에 있는 숨겨진 방에 있었던 거죠?"

"유물이 발견되기 전날, 조르주가 말했던 게 생각났거든. '잊어버리지 않도록 숨겨진 방 책상 뒤에 적어두었다'고…. 그걸 찾으러 지하에 갔었어."

이자벨은 문자를 옮겨적은 메모를 당신에게 건넸다.

➡ 메모를 읽는다. → 337로

377 ↪ 352

"**조**르주 할아버지는 《갇혀있는 미미》라는 동화에 관심이 있었던 모양인데 혹시 선생님도 알고 계시는가요?"

"그럼, 알고 있고말고. 분명, 미미가 신발장에 갇히고 말았다는 이야기일 거야. 자세한 내용까지는 생각나지 않지만…."

"신발장이요…?"

378 ↪ 212

당신은 세면대로 뛰어 들어갔다. 심장 박동이 거세고 숨이 차오른다. 당신은 세면대 거울에 비친 자신의 모습을 보고 깜짝 놀랐다.

"생각났어…! 19시가 되기 전, 나는 여기서 손을 씻었어. 그리고 카일 씨가 다가왔고…. 무슨 이야기를 했었지?"

그때, 누군가 세면대 문을 세차게 두드렸다.

"여기 있지? 빨리 나와!"

제레미의 목소리다. 더는 도망칠 곳이 없다. 로넷이 금세 비상 열쇠를 들고 올 테니까. 당신은 어쩔 수 없이 문을 열고 세면대 밖으로 발을 디뎠다. 거기에는 카일과 제레미가 서 있었다.

"카일 씨, 세면대에서 저와 당신은 어떤 이야기를 나누었나요? 기억을 되찾을 수 있을 것 같아요."

"장, 그게 연기라면 관두는 게 좋을 거야. 안타깝지만…."

"기다리세요."

두 사람 뒤쪽에서 크리스핀 신부가 천천히 다가왔다.

"장은 결백을 주장하고 있습니다. 이야기를 들어주도록 합시다."

"쳇! 싫다면 어쩔 텐가. 이 녀석은 세 명이나 죽인 살인자라고!"

"그럼, 할 수 없군요…. 장, 도망치십시오!"

크리스핀 신부는 제레미와 카일을 벽으로 밀었다.

"시… 신부님! 무슨 짓을 하는 겁니까!"

➡ 뒤도 보지 않고 도망친다. → 158로

➡ 범행을 자백한다. → 14로

---

379 ↩ 40

양초를 치우고 책 제목을 확인한다. 《나그 함마디》라고 적혀 있다.

380

납골당 문을 열자 기도실과 마찬가지로 화톳불이 저절로 켜졌다. 기도실보다 어둡고 휑한 공간이지만 관 같은 건 하나도 보이지 않는다.

납골당 안쪽에는 수많은 해골이 산처럼 쌓여있고 두개골에 뚫린 두 개의 공허한 눈이 침입자를 노려보고 있는 듯하다. 입구를 들어가면 정면에 목제 선반이 있다.

➡ 목제 선반을 조사한다. → 40으로

➡ 안쪽에 쌓인 해골을 조사한다. → 7로

➡ 동쪽 벽을 조사한다. → 306으로

377
378
379
380
381

---

381 ↩ 370

꽃병 속을 뒤져 보았지만, 아무것도 들어있지 않다. 조르주가 떠돌이 광대의 방 열쇠를 숨겨 둔 곳은 이곳이 아닌 모양이다.

382 ↪ 53

"**데**이비드 씨는 이 저택에서 처음 뵈었지만, 매우 친절한 분이라 생각했어요…. 그분도 유물을 찾기 시작해서 살해당한 걸까요?

…그런 거라면 당신도 부디 몸조심하세요."

"시체가 발견되기 전까지 뭔가 수상한 낌새가 없었나요?"

"아니요…. 저는 아무것도 몰랐어요. 아까 제레미 씨가 살롱에서 피아노 소리를 들은 것 같다는 말은 했어요. 신부님 방도 가까운데 아무 소리도 못 들은 걸까요?"

383 ↪ 140

주방으로 이어지는 문은 잠긴 채로 열리지 않는다.

문을 열려는 당신을 보고 카일이 말했다.

"안쪽에서 잠가 놓은 거야. 만찬회가 끝난 후에 조르주 씨가 잠근 모양인데 도무지 열쇠를 찾을 수가 없군."

384 ↪ 87

수첩 뒤쪽에는 시가 아닌 다른 문장도 적혀 있다. 연구하다가 생각난 것을 적어두는 메모장으로 사용한 것 같았다. 당신은 이중으로 밑줄이 그어진 날림 글씨를 읽었다.

"미미의 목걸이는 실버코인으로 만든…."

385

15:00

분명 신기한 돌이긴 했지만, 당신은 크게 신경 쓰지 않고 "심심한데 화랑에 그림이라도 보러 가 볼까."라고 말하고는 정원을 떠났다.

동쪽 문을 지나 화랑에 섰다. 구석에 걸린 그림 앞에 한 남자가 서 있다. 조금 전 정원에서 만난 고미술상 클로드다. 가볍게 인사했지만, 그가 시선을 돌려버렸다.

'인상이 그다지 좋지 않은 사람이군….'

곁눈질로 보니 클로드는 발밑에 떨어져 있는 구겨진 종이를 발견하고 그것을 주웠다. 신기하다는 표정으로 종이를 들여다본다.

마침 그때, 북쪽 계단을 내려온 조르주가 스쳐 지나갔다.

"클로드. 여기까지 오느라 수고하셨구먼."

"조르주 씨. 유물을 발견하셨다니 축하합니다."

"으음…."

"…무슨 일이 있는 겁니까?"

"아닐세…. 그것보다 한 가지 부탁하고 싶은 게 있네만. 보관 창고에 있는 그림을 한 장 팔고 싶은데 감정을 해줄 수 있겠는가?"

"그야 물론이죠. 그런데 팔고 싶다는 그림이 설마 그 그림은 아니겠지요?"

"…음, 자네는 아쉬워할 거라고 생각은 했지만."

"세… 세상에! 실례를 무릅쓰고 말씀드리자면…, 당신은 예술을 잘 이해하는 분이라고 생각했습니다…."

"그래. 틀림없이 그 그림은 훌륭한 예술가가 제 살을 깎는 심정으로 그린 것일 테지. 그런데… 거기에 그려진 그림이 내 눈에는 아름답게 보이지 않게 되었어."

"그, 그래도…."

클로드가 이해할 수 없다는 듯한 표정을 지었다.

"…알겠습니다. 일단 감정은 해 보죠. 무례를 용서하십시오."

"천만에, 그러지 말게. 자네의 기분은 충분히 이해하니까."

"그럼 지금 감정을 할까요?"

"아니야, 저녁 식사를 마친 뒤에 부탁함세. 미술품 보관 창고의 선반에 있는데…, 일단 지금은 편히 쉬도록 하게."

"알겠습니다. 그럼 살롱에서 반 에이크의 《십자가에 못 박힌 그리스도》를 천천히 감상하겠습니다."

클로드는 조르주에게 인사하고는 2층으로 올라갔다.

당신은 동쪽 문을 지나 복도로 빠져나왔다. 현관 홀 쪽에서 목소리가 들린다. 누가 도착한 걸까?

【단서 너 에 '구겨진 종이', 지시 번호 너 에 31이라고 기입】

➡ 현관 홀에 갔던 기억을 생각해낸다. → 199로

382
383
384
385

386 ↱ 358

"**다**른 초대손님과는 처음 만나는 사이인가요?

"클로드 씨는 예전에 미술품 기사를 쓸 때 만난 적이 있긴 하지만…. 그토록 예술을 사랑하는 사람도 드물 거야. 약간 미쳐있는 게 아닌가 생각했거든…. 후후후…. 만약 그를 꾀어내려면 그림을 이용하면 될 거야. 쥐덫보다 더 빨리 걸려들걸?"

387 ↱ 10

당신은 천천히 강단으로 다가갔다. 발소리가 돌벽돌로 쌓은 벽에 부딪혀 마치 같은 공간에 몇 사람이 있는 듯한 착각을 일으킨다.

강단 위에는 양피지와 해답 시트가 흩어져 있다.

"찾았다…! 네 번째야!"

【구성품 '해답 시트 4'를 꺼낸다】

➡ 양피지를 살펴본다. → 187로

388 ↱ 373

라이터 휠을 돌리기 위해 애쓰는 미레유를 보다가 당신은 깜짝 놀라 자리를 박차고 일어났다.

"미… 미레유 씨, 잠시만 실례하겠습니다. 잠시 후에 다시 뵙죠!"

상황 파악이 안 되는 카일의 소매를 잡아당겨 함께 방을 나왔다.

"장. 대체 무슨 일이기에 이러는 거야? 숙녀에게 실례라고!"

"알았어요! 녹음기에서 들리던 그 딸깍하는 소리가 뭔지! 그 소리는….'"

➡ 하이힐 소리라고 말한다. → 299로
➡ 라이터 소리라고 말한다. → 223으로

389 ↱ 201

크리스핀 신부는 '7인의 사도에 얽힌 시'를 들려주었다. 그 시는 다음과 같다.

적색 사도의 소원은 꿈
백색 사도의 희망은 십이월
흑색 사도의 생각은 백일몽
녹색 사도의 마지막은 일곱
자주색 사도의 감정은 하얀빛
황색 사도의 육신은 무기력
남색 사도의 유물은 십자가

390

조르주의 방은 깔끔하게 정돈되어 있으며 쓰레기 하나 떨어져 있지 않다. 방 안에 있는 가구라고는 책꽂이 하나와 책상과 의자, 그리고 침대가 있을 뿐이다. 남쪽 창 옆에는 풍경화가 걸려 있다. 책상 위에는 종이 한 장이 재떨이 밑에 깔려 있다.

방은 정원에 맞닿아 있어 낮에는 창을 통해 화초와 연못을 감상할 수 있다. 지금은 빗물에 일렁이는 연못의 수면이 방 전등에 비쳐 희미하게 보일 뿐이다.

➡ 책상을 조사한다. → 252로
➡ 단서 **라**가 있는 경우 → 390 + 지시 번호 **라**
➡ 단서 **조**가 있는 경우 → 390 + 지시 번호 **조**
➡ 시간 경과 **2**가 있는 경우 → 390 + 지시 번호 **2**

386
387
388
389
390
391
392

391 ↪ 69

"**그**나저나 폴라 수녀님은 흡연하십니까?"
"아뇨, 저는 담배를 피우지 않아요."

392 ↪ 176

당신은 거실로 뛰어 들어갔다. 거실에는 아무도 없다.

➡ 원형 테이블을 조사한다. → 41로
➡ 《최후의 만찬》을 조사한다. → 159로

소파 위에서 당신은 다시 눈을 떴다.

"정신이 드나 보군."

처음 본 남자가 당신의 얼굴을 들여다보고 있다.

"여기는…."

"거실이다. 복도에 쓰러져 있었거든."

남자는 피범벅이 된 당신의 손을 보며 말했다.

"어디 다친 건가? 대체 무슨 일이 있었던 거야?"

거실에 있던 사람들이 소파로 다가와 당신에게 집중했다. 몇 명은 안심한 듯한 표정을 지었다.

(데이비드 아저씨, 제레미 셰프, 가정부인 로넷, 그리고 저 사람은… 이자벨 선생님…? …그래 맞아, 생각났어. 저 사람은 크리스핀 신부, 그 옆에 있는 사람은 폴라 수녀, 그리고 고미술상을 하는 클로드 씨. 저 여자는 프리랜서 기자 미레유 씨야. 그리고 저 사람은 사설탐정 카일….)

하지만 그 어디에서도 할아버지 조르주의 모습은 보이지 않았다.

"할아버지는…."

당신의 질문에 초대손님들은 곤란하다는 표정을 지었다.

"불쌍하게도, 장. 조르주 씨는 응접실에 잠들어 있어요."

폴라가 가엽다는 말투로 말했다.

"무사한 거죠?"

"무사? 장, 무슨 말을 하는 거야?"

"네 할아버지는 자살했다고. 기억이 나지 않는 거야?"

"자살이라니…."

당신은 무언가를 떠올리고는 거실에 걸려 있는 그림을 보았다. 레오나르도 다빈치의《최후의 만찬》이다.

【기억 시트 20:30의 단락 칸에 135라고 기입】

➡ 필립에 대해서 말한다. → 146으로

394 ➥ 306

당신은 두개골 입속으로 손을 집어넣고 튀어나온 돌을 눌렀다. 그 순간 목에 통증이 느껴지더니 눈앞이 흐려진다. 해골 양쪽 눈에서 날아온 작은 독침이 당신 목에 박혔다.

"눈이…."

당신은 희미해진 눈을 문질렀다. 의식이 몽롱해지고 다리에 점점 힘이 풀리면서 당신은 그 자리에 쓰러지고 말았다.

GAME OVER

395 ➥ 365

당신은 안경을 쓰고 장식품 뒤를 보았다. 그러자 문자가 떠오르기 시작했다. (아래 그림 참고)

"후우…, 이 안경은 눈이 금세 피로해지는 거 같아…."

카일은 손목시계를 확인했다.

"이제 곧 4시가 되겠군. 장, 잠시 쉬는 게 어떤가?"

"그럴까요? 수사한 것도 정리해야겠어요…. 제 방에서 잠시 쉬도록 해요."

【단서 오에 '잠깐의 휴식', 지시 번호 오에 26이라고 기입】

D

[6] = RAIN
[7, 12] = CITY
[8, 9] = EASY
[11] = KEY
[13, 4]를 한글 두글자로

396 ↪ 286

주방에서 화랑으로 뛰쳐나감과 동시에 동쪽 문이 열리며 제레미가 뛰어 들어왔다. 당신 등 뒤에서는 카일이 쫓아오고 있다.

➡ 북쪽 계단으로 뛴다. → 5로

➡ 제레미에게 그림을 던지고 질주한다. → 132로

➡ 범행을 자백한다. → 14로

397 ↪ 283

"좋아요, 카일 씨. 실력을 겨루어 보자고요."
당신과 카일은 다트로 승패를 가리기로 했다.
"이얏!"
"오, 대단하군. 꽤 실력이 좋구면, 장."
당신의 다트 핀은 높은 점수에 꽂혔지만, 3개의 다트 핀 중 마지막으로 던진 카일의 다트 핀이 중앙에 꽂히면서 역전당했다.
"핫핫핫. 이런, 이거 실례했구면."
다트 핀을 잡아당기는 순간 힘이 강했던지 다트판이 벽에서 떨어지고 말았다.
"어라?"
다트판 뒤에 뭔가 적혀 있다. 당신은 그 문자를 읽었다.
"'지구본을 돌려라'…?"

398 ↪ 390

책꽂이 위에 동물 모양을 빗대어 만든 3개 1쌍의 장식품이 놓여 있다. 받침대에는 로마 숫자로 'Ⅲ'이라고 적혀 있다. 각각의 장식품 모양은 다음 세 가지이며, 아마도 별자리와 관련이 있는 것 같다.

쌍둥이
기러기
물고기

➡ 장식품 뒤를 살펴본다. → 16으로

399 ⏎ 369

"**이**런 걸 발견했어요."

당신은 미레유에게 신기한 안경을 보여주었다.

"이 안경을 쓰고 보면 특수 잉크로 적힌 내용이 보이는 거 같아요."

"흐음…. 그리고 보니 생각나는 게 있는데… 아니야. 신경 쓰지 마…."

"궁금하게 그러는 법이 어딨나요. 말해 보세요."

"필립 씨는 마음에 드는 아로마 오일 조합 방법을 어떤 책 맨 뒤 페이지에 적어 두었는데 불에 그을려야만 볼 수 있다고 했어…. 아무에게도 알리고 싶지 않대…. 필립은 밝고 상냥한 데다 머리도 좋고 믿음직스럽다고 모두 한결같이 말하지만, 쪼잔한 구석이 있지…. 후후후…. 완벽해 보이는 사람이라도 그런 면을 갖고 있는 법이지…."

【단서 🅑에 '그을리기', 지시 번호 🅑에 60이라고 기입】

400

서고는 전등이 단 두 개뿐이라 어둑어둑하다. 구조는 세로로 길쭉하고 양쪽 벽에는 책꽂이가 짜여 있다. 방 정면으로 보이는 벽 앞에는 작은 테이블이 놓여 있다.

➡ 책꽂이를 조사한다. → 25로
➡ 작은 테이블을 조사한다. → 339로

396
397
398
399
400
401

401 ⏎ 256

"**다**소 억지스러운 견해일지도 모르겠지만요…. 그 세 가지 일화만 놓고 생각해 보면 십자가 형벌을 받은 사람은 그리스도와 유다의 계략에 넘어간 다른 사람이고 부활은 그리스도가 절대적 권력을 손에 넣기 위한 음모, 그러니까 자작극이었다. 그렇게 생각할 수도 있지 않을까요?"

"무, 무슨 큰일 날 소리를 하는 건가…! 하지만, 그렇게 해석하는 학자도 있는 건 사실이지. 여전히 추측의 범주를 벗어나지 못하고 있지만 말이야."

"그 추측을 확실히 입증할 수 있는 증거가 바로 성해포가 아니었을까요?"

"그게 무슨 말이지?"

"성해포에는 십자가 형벌을 받은 인물의 모습이 분명히 남아 있어요. 만약 거기에 그리스도가 아닌 다른 사람의 특징이 남아 있다면….”

장은 기록을 다시 읽었다.

"이 기록에 남아 있는 '그분'은 그리스도가 아닌 다른 사람…, 그러니까 12사도 중 누군가를 말하는 게 아닐까요?”

➡ 12사도에 대해서 물어본다. → 232로

402 ↱ 390

데이비드가 말한 갈색 가죽 가방을 찾아보았지만, 보이지 않는다.

"가방에 유물에 관한 연구 자료가 들어 있었다고 하니 단서가 될 만한 게 있을지도 모르는데…. 이 방에는 없나 보군.”

403

천칭에는 아무것도 올려져 있지 않다.

➡ 왼쪽 가면을 천칭에 올린다. → 20으로
➡ 오른쪽 가면을 천칭에 올린다. → 169로
➡ 양쪽을 동시에 천칭에 올린다. → 86으로
➡ 처음부터 다시 한다. → 8로

404

책꽂이에는 수많은 역사서가 꽂혀 있다. 이 마을에 관한 역사와 구전, 성경과 전설과 뒤섞여 이 지방에 전해지는 동화책까지 있다.

➡ 단서 **바**가 있는 경우 → 404 + 지시 번호 **바**

405 ↱ 344

당신은 주먹을 힘껏 쥐고 클로드를 쏘아보았다.

무슨 말이든 갚아주려 했지만, 머리에 피가 쏠려 아무런 말도 나오지 않는다. 그것이 원통해서 머리에 쏠린 피가 한층 더 끓어오른다.

"클로드 씨. 계속 무례한 말을 하면 참을 수 없습니다!"

카일이 거친 숨소리를 내뱉으며 말했다. 카일이 호통친 덕분에 당신의 기분은 조금 가라앉았다. 클로드는 당황한 기색도 없이 팔짱을 끼고 담배 연기를 내뿜었다.

➡️ 단서 **니**가 있는 경우 → 405 + 지시 번호 **니**

406 ↪ 265

발소리가 가까워지더니 카일이 방문을 열었다. 카일은 금세 테이블 위에 흩어져 있는 캡슐로 시선을 돌렸다.

"장, 그… 그건…?"

"모… 모르겠어요. 가방 속에 있었어요!"

"조금 전에 두통약을 갖고 있지 않다고 말하지 않았나! 게다가 방 열쇠는 네가 갖고 있잖아? 이 방을 드나들 수 있는 사람은 너밖에 없다고!"

그가 말한 대로 이 방의 열쇠는 당신이 갖고 있다. 비상 열쇠도 없고 방을 드나들 때는 반드시 열쇠를 잠갔다.

카일이 유일하게 당신 방에 들어온 사람이지만 항상 당신과 함께 있었으며 가방에 다가가려는 듯한 움직임도 전혀 없었다.

"저는 본 적 없다고요!"

"필립 씨의 방에서 두통약이 사라졌다…. 너는 며칠 전부터 이미 이 마을에 와 있었던 거야!"

"마을에 도착한 건 오늘입니다. 제발 믿어 주세요!"

"그렇게 많은 양을 누가 줬을 리도 없지 않은가. 너 정말 기억을 잃어버린 게 맞아…? 사실은 펜던트도 네 것이지!"

"제가 할아버지를 죽일 리 없잖아요! 그럴 이유가 없다고요!"

카일은 괴로운 듯한 표정으로 말했다.

"…하지만 현실은 네가 약을 갖고 있지 않은가. 범인이라고 단정할 수는 없겠지만, 용의자 중 한 명이야…."

"내가… 두통약을 갖고 있다니…. 어째서…?"

402
403
404
405
406

407 ↪ 190

왼쪽 가마는 당장이라도 쓸 수 있을 것 같다. 그 옆으로 커다란 상자 모양의 풀무(불을 피울 때 바람을 일으키는 기구)가 놓여 있다.

➡ 단서 **타**가 있는 경우 → 407 + 지시 번호 **타**

408 ↪ 216

받침대를 뒤집어 뒷면을 살펴봤지만, 아무것도 발견할 수 없었다.

➡ 단서 **모**가 있는 경우 → 408 + 지시 번호 **모**

409 ↪ 359

이자벨은 침대에 등을 기댄 채 쉬고 있다.
"이자벨 선생님, 몸은 좀 어떠신가요?"
"…장…."
"…조르주 할아버지를 죽인 사람은 필립이었어요."
당신은 조르주의 방에 있던 쓰레기통에서 주운 사진을 이자벨에게 건넸다.
"이자벨 선생님, 선생님은 이미 알고 계셨던 것 아닌가요? 말씀해 주세요. 유물 조사에 대한 진실을요. 그분들과 선생님 사이에 무슨 일이 있었던 건가요?"
그치지 않는 빗소리가 들려온다. 한참 만에 이자벨이 운을 뗐다.
"…내 진짜 이름은 이자벨 베리파스토야. 이 평화로운 마을에 재앙을 불러온 수브니르의 파수꾼의 후손…."

➡ 이자벨의 이야기를 듣는다. → 411로

410

화랑을 지나 북쪽 계단을 오른다. 2층에는 필립의 방과 이 저택에 거주하며 일하는 로넷과 제레미의 방이 있으며 4개의 객실이 있다. 그리고 살롱과 서고, 떠돌이 광대의 방이 있다.
살롱과 떠돌이 광대의 방은 닫힌 상태로 열리지 않는다. 잠겨있는 모양이다.

【MAP 2F '미레유의 방'에 350, '클로드의 방'에 170, '크리스핀의 방'에 60, '데이비드의 방'에 110, '로넷의 방'에 310, '제레미의 방'에 240, '필립의 방'에 320이라고 기입】

411 ↵ 409

"네가 초등학교를 졸업했던 해에… 내가 수브니르의 파수꾼의 후손이라는 소문이 마을에 퍼졌어. 마을 사람들은 나를 멸시하고 수준 낮은 괴롭힘이 시작된 거야. 그리고 교사라는 직업을 잃고 말았어. 작은 마을에서 마치 마녀사냥과 다를 바가 없었지…."

"그런 건 몰랐어요. 내가 어렸을 때 이 마을에서 그런 일이 있었다니…."

"무거운 병을 앓고 있는 아버지를 두고 이 마을을 떠날 수도 없었어. 그렇게 10년…, 그래 10년 동안 내 인생은 외로움 그 자체였어. 청춘도 평범한 행복도 나에게는 사치였지. 그리고 작년에 아버지가 돌아가셨어. 나는 살아갈 힘을 잃어버리고 만 거야.

그런데 마침 그때, 조르주와 필립이 찾아와서 유물 조사를 도와달라고 부탁을 했어. 조르주는 돈도 주겠다고 했었단다.

두 사람은 이 저택에도 종종 초대해 줬어. 제레미 씨는 나를 차갑게 대했지만, 그럴 때마다 두 사람은 나를 다른 손님과 똑같이 대하라며 주의를 주곤 했지.

그러던 중 나는 필립을 좋아하게 되었어. 그의 생일에 세 사람이 모여 작은 축하 파티를 열었어.

난 그 펜던트를 생일 선물로 줬고 그는 내 선물을 기쁜 마음으로 받아 줬어. 그것만으로도 나는 행복했단다. 특별할 것도 없는 생일 축하 파티….

…유물이 발견되면 우리 세 명의 조사는 끝. 나는 이대로 유물이 나타나지 않길 빌었어."

➡ 유물을 발견했는지 물어본다. → 304로

407
408
409
410
411
412

412 ↵ 250

테이블 위에는 다양한 책이 놓여 있다.

필립 4세에 관한 전문서와 알비주아 십자군에 관한 학술서를 보니 카일은 머리가 아파질 것 같다며 책 열어보기를 꺼렸다.

"이건…, 뭘까? 카일 씨, 이게 뭐라고 생각하세요?"

"날 그냥 내버려 두라고. 가뜩이나 그리스도가 어쨌다는 둥 역사 공부 같은 이야기만 할 뿐이지 않은가!"

"아니요, 이건 조금 다른 거 같아요. 어떤 책을 복사한 종이처럼 보이는데요. 몇 종류쯤 있는 것 같은데…"

"…으음, 와인이나 주스 같은 단어만 나열되어 있을 뿐이잖아. 무슨 뜻인지 도통 알 수가 없군."

➡ 단서 **서** 가 있는 경우 → 412 + 지시 번호 **서**

---

413 ↪ 193

"**저**택에 걸려 있는 그림은 모두 클로드 씨가 조달한 건가요?"

"그럼. 꼭 그림이 아니더라도 좋은 물건이 있으면 가리지 않아. 언제였더라…. 필립이 태엽 인형 시계의 감정을 부탁한 적 있었다네. 현관 홀에 있는 녀석인데, 세공이 정교한 데다 14세기 무렵의 물건이었어. 13시가 되면 태엽 인형이 움직이기 시작하지."

'13시에 움직이는 태엽 인형 시계…? 그 시계를 본 적 있는 것 같아….'

【기억 시트 13:00의 단락 칸에 205라고 기입】

---

414 ↪ 407

가마에 불을 붙이고 도가니 속에 납 총알을 넣는다. 온도가 순식간에 올라가면서 납이 녹기 시작했다.

➡ 단서 **차** 가 있는 경우 → 414 + 지시 번호 **차**

415

22:00

필립은 깜짝 놀란 표정으로 당신을 바라보고는 그대로 두 걸음, 세 걸음씩 물러났다. 등 뒤에 있는 흔들의자에 쓰러지듯이 앉는다.

"배…, 배신자…."

양손으로 움켜쥔 배에서 새빨간 피가 흘러나온다.

당신 손에는 피가 흥건한 칼이 쥐어져 있다.

【기억 시트 22:00의 메모 칸에 '살인의 기억'이라고 기입】

416 ↱ 63·258

금고를 열자 그 속에는 4장의 카드가 들어 있다.

"장, 분명 이건 유물을 찾는데 필요한 '4장의 카드'인 거 같다! 또 한 걸음 유물에 가까워졌어."

【책 뒤쪽에 삽입된 아이템 ② '4장의 카드'를 잘라서 손에 넣는다】

417 ↱ 374

"맞아…. 필립은 사냥을 하러 갔었고 이 저택에 돌아온 시간이 저녁 무렵이었죠? 저는 그때 현관 홀로 나가서 필립을 맞이했어요. 생각났다고요!"

"장, 아주 잘했다. 조금씩 기억이 돌아오는 모양이로군. 지금 흐름대로 네가 어떻게 여기까지 오게 되었는지도 생각해내길 바라네…."

당신은 고개를 끄덕이고는 문득 필립의 가슴으로 시선을 돌렸다. 무언가 하얀 것이 붙어 있다.

"카일 씨, 이걸 좀 보세요."

당신은 필립에게 붙어 있던 것을 집어 들었다. 하얀 꽃잎이다.

【기억 시트 16:00의 단락 칸에 375라고 기입】
【단서 아 에 '꽃잎', 지시 번호 아 에 82라고 기입】

418 ↱ 348

"이 캡슐은 선생님의 것인가요?"

당신은 펜던트에 들어있던 캡슐을 이자벨에게 내밀었다.

"아, 아니. 나는 두통을 갖고 있지 않으니까…."

이자벨은 고개를 가로저었다.

"네? 이게 두통약인가요? 이 캡슐이 뭔지 알고 계시는 거죠?"

"그, 그게 그냥 두통약이 아닐까 하고 짐작한 것뿐이야. 예전에 본 적 있는 것 같기도 하고."

방을 나오자 카일이 나지막한 목소리로 말했다.

"어딘가 수상쩍은데…."

"그래도 지금 있는 증거만으로 이자벨 선생님을 용의자라고 단정 지을 수는 없어요."

413
414
415
416
417
418

"음. 이것 말고 그 캡슐을 갖고 있었을 가능성을 찾아서 물적 증거로 판단해야 겠어."

"동의합니다…. 그나저나 선생님은 뭘 감추고 있는 걸까요?"

419 251

창을 열고 제레비의 방에 숨어들었다. 문밖에서는 누군가 복도를 뛰어갔다. 당신을 뒤쫓아온 카일과 제레미가 살롱으로 들어간 모양이다.

➡ **복도로 나간다.** → 19로

420 300

당신은 책상 위에 놓여 있는 종이를 읽었다.

"필립 4세의 탄압에서 탈출하여 이곳 렌 마을까지 도망쳐 온 것은 행운이라 할 수 있다. 하지만 머지않아 이곳에도 왕국의 추격대가 쫓아오겠지. 마을 사람 들도 내가 누구인지 눈치챈 모양이다.

내 목숨은 어찌 되든 상관없지만, 주어진 사명은 완수해야만 한다. 그분의 유 물을 나에게 맡기고 저주의 말을 뱉으며 죽어간 벗, 자크 드 몰레의 넋을 헛되이 할 수 없다.

세상이 놀랄 충격적인 진실!

유물이 왕국의 손에 넘어가게 되면 진실은 영원히 어둠 속 저편으로 묻혀버리 고 말겠지. 나는 유물을 숨길 가장 안전하고 적절한 곳을 생각했다.

아무도 찾지 않는 깊은 산속 황야에 깊은 굴을 파서 묻을까? 하지만, 영원히 누구에게도 발견되지 않으면? 혹은 그 유물의 실체를 모르는 자가 우연히 발견 한다면? 잡동사니와 함께 버려지고 말 것이다. 그것은 왕국의 손에 넘어가는 것 과 다를 바 없는 것.

조심성 없이 바깥에 드러나서도 안 되며 버젓이 아무렇게나 내놓을 수도 없는 노릇. 손쉽게 또는 우연히 발견되어서도 안 되며 우리의 뜻을 계승하려는 자에 게 전달될 수 있는 곳.

나는 결국, 이 저택에 함정을 설치하고 유물을 숨기기로 했다. 그렇게 하면 우연히 발각될 위험도 없으며 복잡하게 얽힌 수수께끼를 풀 수 있는 사람이라면 이 유물이 얼마나 중요한 의미를 갖는지 알 수 있을 테니까.

꼭 설명해야만 하는 것이 있다. 유물은 바로 십자가 위에 목숨 바친 그분의 유해를 감싼 천, '성해포'이다.

십자가에 처형당할 운명에 놓이고 창으로 옆구리를 찔리면서 'Eli, Eli, Lema sabachthani? (하느님, 하느님, 어찌하여 저를 버리셨나이까)'하고 외치던 그분의 모습이 고스란히 그 천에 남아 있는 것이다.

암흑의 세상은 거짓된 그 날로부터 여전히 이어지고 있다. 성스러운 이 천을 그 눈으로 직접 본 자만이 어둠이 지배하는 이 세상에 빛을 가져다줄 진실을 깨달을 것이다.

나의 후손이여, 나의 동지여, 진실을 알고 있는 자여. 반드시 그 무시무시한 음모를 만천하에 밝히고 기만으로 가득한 이 세상을 구하라.

그날이 올 때까지 나의 영혼은 유물을 지키는 '수브니르의 파수꾼'이 될지니라.

이 기록이 나의 의지를 이어받는 자의 손에 전해지길 기도하며.

1314년 4월
기욤 베리파스토"

【단서 코에 '성해포', 지시 번호 코에 15라고 기입】

421 ↩ 412

"맞아! 데이비드 아저씨가 발견한 책. 거기에 같은 식자재가 적혀 있었어요!"
"그렇다면 여기에 그려진 표는…?"(다음 페이지 참고)

【수수께끼를 풀어서 나타나는 숫자에 해당하는 단락으로】

- 리스트에 있는 단어를 모두 찾아 검게 칠하라.
- 단어는 상하좌우, 대각선 8방향 직선으로 나열한다.
- 같은 문자를 여러 개의 단어에 중복해서 사용할 수 있다.

추	인	게	집	디	돼
상	와	비	냄	지	너
양	에	기	고	닭	간
소	고	기	대	금	행
후	추	을	빨	주	곱
하	가	탕	얀	시	푼
오	루	설	하	주	스

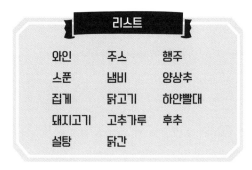

리스트

와인	주스	행주
스푼	냄비	양상추
집게	닭고기	하얀빨대
돼지고기	고추가루	후추
설탕	닭간	

3

422 ↪ 102

"이 종이는 시를 적은 수첩에서 찢은 거예요! 그러니까 이건 조르주 할아버지가 유서로 쓴 게 아니라 시를 써 둔 것이라고요!"

"우리는 이 문장을 보고 자살이라고 확신하고 있었는데…, 그렇다면 누군가 위장을 했다는 말이구먼!"

"조르주 할아버지는 살해당한 건가…?"

당신과 카일은 뒤돌아 소파 위에서 흰 천을 덮고 앉아 있는 조르주의 시체를 응시했다.

➡ 조르주의 시체를 조사한다. → 278로
➡ '유서'를 다시 한번 읽는다. → 168로

423 ↪ 282

"그래, 이게 좋겠어."

"그럼 빨리 화랑에 걸도록 하자고."

카일은 그림을 가지고 나갔다.

【단서 **더**에 '그림 추가', 지시 번호 **더**에 17이라고 기입】

424 ↪ 364

"필립은 이 책에 조합 방법을 메모했을지도 모르겠어."

당신은 라이터에 불을 붙여 백지였던 페이지를 그을렸다.

그러자 순식간에 글자가 드러났다.

"미레유 씨가 말한 대로야!"

조합할 때 하얀 에센셜 오일과 자색 에센셜 오일을 같이 사용할 수는 없다.
마지막으로 '별' 이름이 붙은 에센셜 오일을 조합한다.

422
423
424

14:00

'아무래도 할아버지가 조금 이상한 것 같아…'

조르주 할아버지는 엄격하고 그다지 웃지 않는 성격이지만 지금까지 그토록 깊은 시름에 빠져있는 모습을 본 적은 없었다.

'걱정인데…'

이럴 때, 조르주는 괘종시계이 방에 있는 흔들의자에 앉아 그림이나 바깥의 숲을 내다본다는 것을 당신은 잘 알고 있다. 당신은 담뱃불을 비벼 끄고 방을 나섰다. 그리고 복도를 지나 별관으로 향한다.

➡ 별관으로 이어지는 문 오른쪽에 난 작은 창문으로 정원을 본 기억을 생각해낸다.
→ 119로

➡ 괘종시계의 방으로 간 기억을 생각해낸다. → 241로

---

426 ↱ 100

당신은 벽에 걸린 그림을 보았다. 그림 밑에는 제목과 화가 이름이 적혀 있다.

"《아르카디아의 목자들》, 니콜라 푸생 이라…"

숲속에서 3명의 목자와 한 여성이 커다란 묘지에 새겨진 묘비명을 읽고 있는 그림이다.

---

427 ↱ 90

필립의 시체가 있는 흔들의자로 다가가 조심스레 등받이에 손을 갖다 댔다.

'할아버지가 이 흔들의자에 앉아서 종종 밖을 내다보곤 했었는데. 맞아, 그때도…'

【기억 시트 14:00의 단락 칸에 425라고 기입】

6

428 ↱ 390

쓰레기통에는 엉망으로 구겨진 사진이 버려져 있다. 유물 조사를 기념 삼아 동굴 앞에 선 조르주와 필립, 그리고 이자벨의 모습이 사진에 찍혀 있다.

"조르주 할아버지가 이런 미소를 지을 수 있다니…. 이자벨 선생님도 즐거워 보여…."

시선이 필립으로 옮겨갔을 때, 당신은 제대로 숨을 쉴 수 없었다.

필립의 가슴에서 그 펜던트가 빛나고 있던 것이다.

사진을 쥐고 있는 손이 떨렸다. 그리고 당신은 잃어버린 마지막 기억을 생각해 냈다.

"모든 게 다 생각났어…. 이자벨 선생님에게 확인해야 해…."

【기억 시트 21:30의 단락 칸에 115라고 기입】

429 ↱ 404

갇혀있는 미미…. 이 책, 폴라 수녀님이 말했던 동화네요. 저자가…, 기욤 베리파스토…. 이 저택의 주인이에요!"

"이 책에 유물에 관한 단서가 실려 있기라도 한 걸까?"

당신은 동화를 읽었다. 책은 매우 오래된 탓에 군데군데 벌레를 먹어 사라졌다.

어느 날, 미미가 숲속을 걷고 있는데
할머니가 쓰러져 있었어요
미미는 ■■■■으로 만든 목걸이에 생명을 불어넣어
할머니를 살렸어요
그러자 할머니는 천을 주었습니다
이 천은 꿈을 볼 수 있는 천이라고 하는데
만약 너무 무서워서 견딜 수 없을 땐
이 천을 뒤집어쓰면 된단다
할머니가 말했어요

그날 밤,
미미는 나쁜 짓을 한 것도 아닌데

■■■에 갇히고 말았어요

그 속은 아주 깜깜했고, 무서운 십이지신이 그려져 있었어요

왕자님 저를 여기서 꺼내주세요

미미가 소리쳤어요

하지만, 주변에는 아무도 없는지 아주 조용했어요

미미는 점점 무서워졌어요

너무 무서워서 견딜 수 없게 되었어요

미미는 천을 뒤집어썼어요

그러자 희미한 빛이

점점 커지더니

미미는 시공을 넘고 육각의 모퉁이를 건너

동화 속 세상에 오게 되었답니다

미미가 예전부터 오고 싶었던 곳이에요

미미는

이곳이 현실 속 세계라고 믿고

언제까지나 행복하게 살았답니다

430

1층과 2층을 연결하는 계단인데 조르주의 시체가 발견되었을 때 발생한 화재로 인해 망가지고 말았다. 그을린 벽이 소화기의 하얀 가루로 뒤덮여 있다.

벽에 붙어 있던 수많은 엽서도 불탔다.

얼굴이 반쯤 그을린 옛날 미국 여배우가 윙크를 한 채 키스를 날리고 있다.

431 ↪ 230

거실장에는 동물 모양을 빗대어 만든 3개 1쌍의 장식품이 놓여 있다. 받침대에는 로마 숫자로 'Ⅱ'라고 적혀있다. 각각의 장식품 모양은 다음 세 가지이며, 아마도 별자리와 관련이 있는 것 같다.

> 염소
> 사자
> 하마

➡ 장식품 뒤를 살펴본다. → 365로

432 ↳ 148

'**3**월 12일 23시'라 적힌 테이프를 재생했다.

스피커에서 데이비드의 목소리가 흘러나온다.

"지금은 24시 반. 그들은 떠돌이 광대의 방에서 자료를 찾는 듯하다. 살인 사건을 수사한다고 하고서는 저택에 숨어 있는 유물을 찾을 심산인 거지. 의심하고 싶지 않지만, 그들이 조르주와 필립을 죽인 걸까…. 그렇다면 그들보다도 빨리 유물을 찾아야 한다. 조르주 폴라스키의 명예를 걸고."

녹음은 그쯤에서 일시 정지된 모양이다.

카일이 말했다.

"장, 왠지 그는 우리를 의심한 것 같군. 떠돌이 광대의 방문 뒤에서 우리를 지켜보고 있던 사람은 데이비드 씨였던 건가…."

"그런 것 같네요…. 데이비드 아저씨 역시도 유물을 찾고 있었던 모양이에요. 그렇다면 한밤중에 살롱에서 피아노를 쳤던 것도 뭔가 단서를 찾았기 때문이 아닐까요?"

당신이 정지 버튼을 누르려던 찰나, 지지직하는 히스 노이즈가 재생되더니 데이비드의 목소리가 다시 흘러나왔다.

"…떠돌이 광대의 방에서 단서를 발견했다. 이제 연주해야 할 음을 알았다. 저녁 무렵 살롱에서 우연히 읽었던 책 속에 피리 음계가 실려 있었다. 오늘 밤, 살롱에 있는 피아노로 확인할 계획이다."

"저녁 무렵 살롱에서 읽었던 책…. 살롱에 있는 피아노로 확인…?"

"장. 저녁 무렵에 네가 살롱에 있었지 않는가?"

당신은 기억을 억지로 쥐어짜 보려 했다.

"살롱…, 저녁…, 데이비드 아저씨가 읽고 있던 책…?"

극심한 두통이 당신을 덮쳤다.

'아저씨와 필립…, 그리고 할아버지의 한을 풀어야 해! 생각해… 기억을 되찾으란 말이야!'

430
431
432

마음속으로 간절히 바라자 살롱에서 데이비드가 책을 읽고 있던 모습이 머릿속을 스쳤다.

"책날개에 뭔가 적혀있던 책이었어…."

【수수께끼를 풀어서 나타나는 숫자에 해당하는 단락으로】

433 ⏎ 225

데이비드는 숨을 크게 들이마신 뒤 천천히 내뱉었다.

그리고 달래려는 듯이 말했다.

"조르주…, 사실은 유물을 발견한 거지? 자네가 했던 조사나 연구를 두고 거짓말할 리가 없지 않은가. 뭔가 사정이 있는 거지?"

"…기욤 베리파스토…, 달리 말하면 수브니르의 파수꾼이라 할 수 있겠군…."

조르주가 나지막이 중얼거렸다.

"수브니르의 파수꾼? 그게 뭔가?"

조르주는 질문에 대답하지 않고 계속 말을 이어나갔다.

"…데이비드. 자네가 그 그림을 양도해달라고 한 것이 모든 일의 시작이었지. 그 괘종시계의 방에 걸려 있는 밤하늘 그림 말일세."

데이비드는 묵묵히 조르주의 눈을 응시하고 있다.

"나는 그런 그림에는 관심조차 없었어. 물론, 기욤 베리파스토가 그 그림을 그렸다는 건 알고 있었지만 말이야. 그러다 문득 오랜 문헌에 있던 의문의 문장이 생각났지. 은색의 코인으로 별 사이를 지나가라… 오른쪽 방향이 북쪽이다."

조르주는 동전을 쥐고 있는 듯한 손동작으로 공중을 그렸다.

"그때는 무슨 뜻인지 몰랐지만…, 별은 아무 상관없었던 거야. 동전으로 그 움직임을 하며 방향을 파악하는 것, 그게 중요했던 거지… 절대로 잊어서는 안 되는 거였어…."

조르주의 눈에 초점이 흐려졌다.

"조르주, 왜 그러는가! 정신 차리란 말이야."

"그 뒤로 얼마 지나지 않아, 필립이 괘종시계 뒤쪽 벽에서 이상한 장치를 발견했고 이 저택에는 숨겨진 많은 함정이 있다는 것을 알게 되었지. 이자벨은 이 마을에 전해 내려오는 전설을 말해 주었어. 3명이 함께하는 조사는 하루하루가 즐거웠다…. 후… 후후후…, 하… 하하하하하…."

데이비드는 실망이 역력한 표정으로 방을 나갔다.

당신은 조르주가 이렇게 웃는 모습을 처음 봤다.

혹시 정신이 이상해진 게 아닌가 싶어 걱정되었지만 이내 웃음이 멈추더니 창문을 두드리는 세찬 빗방울 소리만 방안에 울려 퍼질 뿐이었다.

"장… 미안하지만, 혼자 있게 해줄 수 있겠나…?"

당신은 흠칫 놀랐다.

"네…."

조용히 그리고 빠르게 방을 빠져나와 뒷걸음으로 방문을 닫았다.

그토록 엄격했던 할아버지라고 생각할 수 없을 만큼 상냥한 목소리였다. 어깨가 움츠러들고 등이 굽은 그 모습은 냉철한 연구자라기보다 평범한 노인에 가까웠다.

당신은 자신의 방으로 돌아갔다. 침대를 파고 들어가 뇌리에 깊게 박힌 조르주의 모습을 떨쳐내려던 중에 어느샌가 잠에 빠져들었다.

그리고 그것이 조르주 할아버지와 나눈 마지막 인사였다.

【단서 **다**에 '괘종시계 뒤쪽', 지시 번호 **다**에 20이라고 기입】

434 ↪ 414

부젓가락으로 도가니를 들어 올린 후 녹인 납을 거푸집에 부었다.

물에 담가 충분히 식힌 다음 상자를 열자 사지와 몸통이 떨어진 인형이 들어 있다.

【책 뒤쪽에 삽입된 아이템 ① '춤추는 인형'을 잘라서 손에 넣는다】

435 ↱ 200

그림과 조각, 역사 및 건축 등 미술, 예술에 관한 책이 꽂혀 있는데 종교화에 관이 대부분이다. 그 밖에 아로마 오일에 관한 책도 있다.

➡ 종교화에 관한 책을 읽는다. → 183으로
➡ 《아로마 오일 하권》을 읽는다. → 364로

436 ↱ 405

"클로드 씨, 낮에 화랑에서 무언가를 주웠죠?"
"…흥! 잃어버렸다. 나는 이제 자야 할 시간이니 이제 돌아가."
클로드는 그렇게 말하고는 문을 닫아버렸다.
"클로드 씨, 사람이 두 명이나 죽었다고요! 수사에 협조하세요!"
카일이 굳게 닫힌 문을 향해 소리쳤지만, 돌아오는 대답은 없었다.

437 ↱ 160

"아무래도 이 촛대가 수상해…."
촛대에는 팔이 10개가 있으며 0부터 9까지의 숫자가 적혀 있다. 당신은 조금 전에 풀었던 퍼즐의 숫자에 대응하는 초에 불을 밝혔다.
그러자 어찌 된 영문인지 서쪽 벽에서 메모가 붙어 있는 분홍색 상자가 나타났다.
"할아버지는 분명 범인의 마지막 단서를 메모로 남겼던 거야."

'파수꾼이 앉았던 자리는 비밀이 잠들어 있는 장소의 동쪽에 표시된 마크이다…. - 조르주'

438 ↩ 408

당신은 안경을 쓰고 받침대 뒤를 보았다. 그러자 문자가 떠오르기 시작했다.

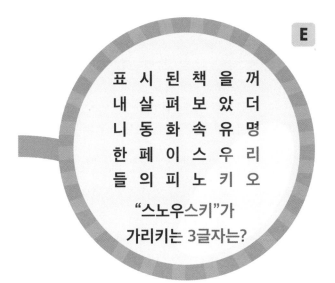

E

표	시	된	책	을	꺼
내	살	펴	보	았	더
니	동	화	속	유	명
한	페	이	스	우	리
들	의	피	노	키	오

**"스노우스키"가
가리키는 3글자는?**

439 ↩ 219

"원래 괘종시계의 방에 떨어져 있던 걸지도 모르겠어요."

"그렇군, 그 말도 일리가 있어…."

"으음…. 그런데 제가 한 말을 번복하는 것 같지만, 만약 바닥에 꽃잎이 떨어져 있었다고 하더라도 흔들의자에 앉은 상태로 발견된 필립의 가슴에 꽃잎이 붙을 수 있을까요? 피가 흔들의자 아래에만 떨어져 있었던 걸 보면 시체를 옮긴 것도 아닌 듯하고 창문은 비가 오는 탓에 닫혀 있었으니 바람을 타고 날아온 것도 아닐 텐데요…."

"장, 영 갈피를 못 잡고 있는 모양이로군."

"카일 씨도 같이 생각해 보세요!"

"오우, 저런."

"이 캡슐은 필립의 방에서 도난당한 것과 같은 약인 것 같네요. 펜던트가 범인의 것이라면 이 두통약을 처방받았거나 이 약을 훔친 인물이 용의자라고 봐도 무방하지 않을까요?" 펜던트가 누구의 것인지 물어봐도 되겠지만 거짓말을 한다고 해도 가려낼 방법이 없어요. 그것보다 누가 두통약을 처방받았는지, 혹은 누가 훔쳤는지에 대한 증거를 찾아내는 게 현명하지 않을까 싶은데요."

카일은 고개를 끄덕이고는 속삭이듯 말했다.

"(데이비드 씨는 이 마을 사람이 아니니까 필립에게 진찰을 받은 적은 없지만, 주치의에게 이 약과 똑같은 캡슐을 처방받았다는 말이잖아. 데이비드 씨도 용의자에 포함된다는 뜻이다.)"

"(그렇겠군요…. 이 마을에는 의사가 필립뿐이었으니까 모두 필립 이외의 의사에게 약을 처방받지는 않았을 거예요. 필립이 두통약을 누구에게 처방했는지 알 수 있으면 좋겠는데….)"

"장. 노파심에 묻자면 너는 이 두통약을 처방받은 적이 없는 거지?"

"네. 처방받은 적 없어요. 본 것도 오늘이 처음인걸요."

"알겠다. 너를 믿도록 하지."

"거기 두 사람, 뭘 속닥거리고 있는 거야? 그나저나 이런 걸 발견했는데."

【용의자 리스트의 범인 조건 2에 '조르주 살해/두통약 소지'라고 기입】

➡ 데이비드가 발견한 것을 확인한다. → 322로

↱ 270

본관 복도로 이어지는 문이다. 문에는 그림이 걸려있다.

그림 배경에는 푸르스름한 산이 우뚝 솟아 있고 동쪽 하늘에 따스한 아침 해가 비치는 아름다운 정원을 그린 그림이다. 책을 읽고 있는 여성 앞에 천사가 내려와 무릎을 꿇고 앉았다. 천사는 왼손을 무릎 위에 얹고 오른손은 여성을 가리키며 무언가를 고하고 있는 것 같다.

Jyuunin No Yuutsu Na Yougisha

Copyright ©2013 SCRAP and Koji Shikano
Originally published in Japan in 2013 by RITTORSHA, Tokyo
Korean translation rights arranged with RITTOR MUSIC, INC., Tokyo
through Shinwon Agency Co., Seoul
Korean translation rights ©2020 by iCox

10인의 우울한 용의자

초판 1쇄 발행 2020년 12월 10일
초판 2쇄 발행 2024년 06월 20일

지은이	SCRAP & Koji Shikano
옮긴이	김홍기
펴낸이	한준희
펴낸곳	(주)아이콕스
디자인	이지선
영업	김남권, 조용훈, 문성빈
영업지원	김효선, 이정민

LET'S PLAY BOOKS

주소	경기도 부천시 조마루로385번길 122 삼보테크노타워 2002호
홈페이지	www.icoxpublish.com 쇼핑몰 www.baek2.kr (백두도서쇼핑몰)
이메일	icoxpub@naver.com
전화	032-674-5685
팩스	032-676-5685
등록	2015년 7월 9일 제 386-251002015000034호
ISBN	979-11-6426-155-0

※ 정가는 뒤표지에 있습니다.
※ 잘못된 책은 구입하신 서점에서 교환해드립니다.

잘라 쓰는 아이템 ➡️

① 춤추는 인형　② 4장의 카드　③ 해골 피리

게임을 진행하다가 지시가 나타나면 순서대로 잘라 주세요.
자를 때는 찢어지지 않도록 가위나 커터칼을 사용하여 깔끔하게 잘라낼 것을 추천
합니다. 또한, 작은 구성품이 포함되어 있으니 잃어버리지 않도록 주의해 주십시오.

※ 아이템을 잘라내고 남은 여백은 게임에 사용하지 않습니다
(퍼즐과는 관련이 없습니다).